Der Dschungel
Die Weißen Zähne

Robin Dix

TIGERHERZ

Robin Dix

TIGERHERZ

DER PRINZ DES DSCHUNGELS

Band 1

Mit Illustrationen von Fabian Erlinghäuser

Baumhaus

MIX
Papier aus verantwortungsvollen Quellen
FSC® C083411

Dieser Titel ist auch als Hörbuch und E-Book erschienen

Originalausgabe

Text- und Bildredaktion: Anna Hahn, Mathias Siebel
Umschlaggestaltung: © Johannes Wiebel | punchdesign, München,
unter Verwendung von Motiven von shutterstock/murphy81, shutterstock/Fona,
shutterstock/Airin.dizain, shutterstock/Captblack76
Satz und Innengestaltung: Götz Rohloff – Die Buchmacher, Köln
Gesetzt aus der Averia
Druck und Einband: CPI books GmbH, Leck – Germany

Printed in Germany
ISBN 978-3-8339-0391-5

5 4 3 2

Sie finden uns im Internet unter www.baumhaus-verlag.de
Bitte beachten Sie auch www.luebbe.de

Ein verlagsneues Buch kostet in Deutschland und Österreich jeweils überall dasselbe. Damit die kulturelle Vielfalt erhalten und für die Leser bezahlbar bleibt, gibt es die gesetzliche Buchpreisbindung. Ob im Internet, in der Großbuchhandlung, beim lokalen Buchhändler, im Dorf oder in der Großstadt – überall bekommen Sie Ihre verlagsneuen Bücher zum selben Preis.

Tyger Tyger, burning bright,
In the forests of the night;
What immortal hand or eye,
Dare frame thy fearful symmetry?

Tiger, Tiger, Feuerspracht
in der Dschungeln dunkler Nacht:
Welches Auge, welche Hand
wagten Deines Schreckens Brand?

William Blake

Prolog

Der Große Drache war gekommen.

Wie in jedem Jahr war er von Osten herangeflogen und hatte seine Schwingen über das Land gebreitet. Sein Atem entfachte Winde und Stürme, sein Donnerruf ließ den Himmel erbeben. Feurige Blitze zuckten aus seinem dunklen Rachen, und wie immer folgte ihm wie ein Schatten der Regen.

Sturzbächen gleich ergoss er sich aus dem schwarzen, nur von Blitzen erleuchteten Himmel, ließ Bäche zu Flüssen anschwellen und Flüsse zu Strömen. Die See fern im Osten peitschte gegen die

Klippen, festes Land verwandelte sich in weichen Schlamm. Die Welt schien aus den Fugen zu geraten, so wie in jedem Jahr, wenn der Drache kam.

Leben und Tod, so hieß es unter den Tieren des Dschungels, lagen nah beieinander in der Zeit des Drachen Monsun. Es waren Tage der Unsicherheit und der Erneuerung, des Hoffens und Bangens. Alle Tiere, von den kleinsten Insekten bis hinauf zu den großen und mächtigen Jägern, fürchteten den Großen Drachen und begegneten ihm mit Respekt, denn er war der Urvater allen Lebens, der Anfang und das Ende von allem, was im Dschungel existierte. Man zitterte vor ihm und suchte Zuflucht an Orten, die Sicherheit versprachen: auf hohen Felsen und in dunklen Höhlen, im Dickicht des Regenwaldes und im Gewirr der Mangroven. Kein Ort jedoch versprach solche Sicherheit wie Astana, der alte Königspalast, der sich inmitten des Dschungels auf einer Felsplattform erhob.

Umgeben von Palmen, die sich im Sturmwind bogen, ragten die uralten Türme auf, fünf an der Zahl. Ihre riesigen steinernen Gesichter starrten hinaus in die regengepeitschte Nacht, trotzten den Blitzen, dem Wind und dem Donner, wie sie es schon seit Unzeiten taten, seit den Tagen der Takrambuti, der felllosen Zweibeiner.

Im Inneren des alten Palasts jedoch hielten König Eisfell und sein Gefolge Hof. Denn trotz des Drachens, der draußen tobte und wütete, gab es Grund zur Freude. In den uralten Gewölben von Astana, in einer Kammer, deren löchrige Decke von steinernen Elefanten getragen wurde, hatte ein neues Leben das Licht der Welt erblickt.

»Ich muss wirklich sagen, er ist ganz außerordentlich gelungen, Euer Majestät!« Biru, erster Berater am Hofe des Königs, wuselte aufgeregt auf den nackten Steinplatten herum. Der türkisfarbene, mit orangeroten Sprenkeln versehene Körper des Geckos war in dem spärlichen Licht kaum zu erkennen. Dafür war seine schrille Stimme umso besser zu hören. »Ei, wie geglückt er ist!«, rief er und fügte ein begeistertes »Geck-geck-gecko!« hinzu. »Das weiche Fell! Die großen Öhrchen! Und erst die Pfötchen! Ihr müsst unglaublich stolz auf ihn sein, Majestät!«

Eisfell, der König der Tiger und Herrscher des Dschungels, blieb still. Aber die Art, wie der Blick seiner blauen Augen auf dem Neugeborenen ruhte, verriet alles.

Lange hatte König Eisfell sich einen Sohn gewünscht, einen Erben, dem er die Herrschaft über den Dschungel einst übergeben könnte, doch bisher war ihm dieser Wunsch versagt geblieben. Doch nun hatte seine Gefährtin Cinta einen Sohn geboren, dessen Fell ebenso weiß war wie das seines Vaters.

Der Blick, mit dem Eisfell Cinta bedachte, war voller Zuneigung und Dankbarkeit; die Königin lag auf dem kühlen Stein, noch immer erschöpft von der Strapaze der Geburt, aber voller Liebe für ihr neugeborenes Kind. Zärtlich schnupperte sie an ihm und leckte sein Fell, das noch nass und struppig war.

»Euer Majestät!«, sagte Biru plötzlich. »Das ist ja entsetzlich, geck-gecko! Euer Sohn, er ... er ist blind! Dem Großen Drachen hat es gefallen, ihn ohne Augen in die Welt zu schicken!«

»Aber nein, Biru!«, widersprach Königin Cinta leise. »Alle Tigerbabys kommen blind zur Welt. Wusstest du das nicht?«

»Wi-wirklich?« Der Gecko zuckte ungläubig mit dem Kopf.

»Ja, natürlich«, versicherte die Königin. »In den ersten Tagen ihrer Geburt können kleine Tiger weder sehen noch hören. Nur ihr Geruchssinn ist bereits sehr ausgeprägt. Raja wird sich sein ganzes Leben lang an das erinnern können, was er in diesen Augenblicken gerochen hat.«

»Ist das so?« Immer noch nicht ganz überzeugt sah der kleine Gecko an sich herab, während er sich fragte, ob sein Geruch wohl für eine königliche Erinnerung taugen mochte. Dann erst wurde ihm klar, dass Königin Cinta ihr Neugeborenes gerade beim Namen genannt hatte. »Raja?«, fragte er.

Cinta nickte. »Das ist der Name, den der König für seinen Sohn und Erben ausgewählt hat.«

Biru sah Eisfell neugierig an. Der saß noch immer unbewegt da und betrachtete seinen Sohn. Von allen Tigern des Dschungels war Eisfell der mächtigste – und das nicht nur seiner Pranken und Kiefer wegen, die schon viele Feinde in die Flucht geschlagen hatten, sondern auch wegen seines weißen, von schwarzen Streifen durchzogenen Fells, dem er seinen Namen verdankte. Keines der Tiere, die den Regenwald bewohnten, hatte jemals Schnee oder Eis gesehen, beides kannten sie nur aus den alten Geschichten; doch wenn der Große Drache in seiner Weisheit beschloss, einem Tiger das Weißfell zu geben, so war damit große Macht verbunden und eine besondere Verantwortung.

»Das ist ein wunderbarer Name, Majestät«, sagte Biru. »Was bedeutet er?«

»In der Sprache der Takrambuti«, sprach König Eisfell mit tiefer Stimme, »bedeutet er ›König‹.«

»Dann hättet Ihr keinen besseren Namen finden können«, sagte der Gecko und wuselte über den Stein hin zu dem kleinen Tiger, der auf dem Rücken lag und die winzigen Pfoten von sich streckte, während seine Mutter ihm das Bauchfell säuberte.

»Kleiner Prinz Raja«, sagte Biru ergriffen, »noch bist du so klein und kannst noch nicht einmal sehen – und doch bist du schon auserwählt, dereinst über den Regenwald zu herrschen. Und ich schwöre dir, dass ich stets an deiner Seite sein und dir dienen werde, so wie ich deinem Vater stets ...«

»Majestät!«

Der Ruf ließ sie alle herumfahren.

Nicht aus der Kehle eines Tigers war er gekommen, sondern aus der eines Leoparden. Ein schwarzer Panther war auf der Schwelle zur Geburtskammer aufgetaucht. Man konnte ihn nur deshalb sehen, weil in diesem Moment ein Blitz die Nacht erhellte. Aber das grelle Licht, das durch die Löcher in der Decke drang, riss nicht nur den Panther selbst aus der Dunkelheit. Es brachte auch das Blut zum Vorschein, das den Steinboden unter ihm rot färbte und sein schwarzes Fell glänzen ließ.

»Senjata!«, rief Königin Cinta entsetzt, als der Panther zusammenbrach.

Mit einem weiten Satz war König Eisfell bei ihm. Noch ehe er den Verwundeten erreicht hatte, verriet sein Geruchssinn ihm, was geschehen war.

»Ei-ein Überfall, Majestät«, brachte der Panther mühsam heraus. »Eisenkralle und seine Bande ...«

Eisenkralle.

Eisfells Gesichtszüge versteinerten.

Wie oft schon war dieser brutale Räuber in sein Reich eingedrungen, und jedes Mal hatte er ihn in die Flucht geschlagen. Dass Eisenkralle und seine Mörderbande ausgerechnet in dieser Nacht im Palast auftauchten, konnte nur eines bedeuten ...

»Er ... will ... das Kind«, sagte Senjata mit letzter Kraft – dann verlor er das Bewusstsein.

König Eisfell neigte sein Haupt und stieß ihn mit der Nase an, doch der Leibwächter regte sich nicht mehr. Eisfell nahm die Witterung auf. Nun, da er wusste, dass Eisenkralle in der Nähe war, fragte er sich, warum er den Gestank vorher nicht bemerkt hatte – die Luft im Palast war durchsetzt von dem fauligen Geruch des Verräters und seiner feigen Brut! Es musste an Raja liegen, an der Geburt des Jungen, und daran, dass Eisfell vor Stolz und Vaterglück alles um sich herum für einen Augenblick vergessen hatte.

Ein verhängnisvoller Fehler!

Der König richtete sich auf und straffte sich, sodass man die Muskeln unter seinem weißen Fell arbeiten sah. Dann legte er den Kopf in den Nacken und stieß ein wütendes Knurren aus, das gleichzeitig eine Warnung war – eine Warnung an jene, die sich im Schutz der Nacht in Astana eingeschlichen hatten und es wagten, ihn aus dem Hinterhalt anzugreifen.

»Cinta!« Er wandte sich an die Königin. »Du bleibst bei Raja, egal was passiert!«

»Aber ich ...«

»Egal was passiert«, wiederholte Eisfell scharf und sah sie durchdringend an. Ihre Blicke trafen sich, und sie verstanden einander ohne ein weiteres Wort.

Raja war die Zukunft.

Was auch immer geschah, er musste überleben.

Alles andere war nicht von Belang.

»Biru, bleib bei deiner Königin«, befahl Eisfell und wollte gerade die Kammer verlassen, als erneut ein Blitz über den Himmel zuckte. Gleichzeitig donnerte es, so laut und durchdringend, dass der alte Palast in seinen Grundfesten zu erbeben schien. In dem grell flackernden Licht trat eine Gestalt aus dem Dunkel, das jenseits des Eingangs lag.

Ein Tiger.

Sein Alter mochte dem des Königs entsprechen, aber er war weniger muskulös gebaut und besaß nicht dessen stolzen Wuchs und majestätische Haltung. Sein Fell war nicht weiß, sondern hatte die Farbe von Eiter, mit rostfarbenen Einsprengseln am Rücken. Seine Streifenzeichnung war seltsam kantig, sein Kopf schmal und von Narben gezeichnet. In seinen Augen loderte ein gelbes Feuer, das von Mordlust zeugte. Weitaus furchterregender war jedoch das Ding, das er an seiner linken Vorderklaue trug – eine mörderische künstliche Klaue, der er seinen Jägernamen verdankte.

»Eisenkralle«, knurrte König Eisfell. Er legte die Ohren an und reckte das Haupt vor. Sein Schwanz peitschte hin und her, während seine eindrucksvolle Gestalt sich duckte und zum Sprung bereit machte.

»Majestät«, erwiderte der Eindringling höhnisch und entblößte die Reißzähne zu einer Art Grinsen. »Danke, dass du mich empfängst, Bruder. Noch dazu zu so später Stunde und in einer stürmischen Nacht wie dieser.«

»Du hast hier nichts zu suchen«, sagte Eisfell mit kalter Stimme. »Mach, dass du verschwindest!«

»Und wenn nicht?«, fragte Eisenkralle gelangweilt. Wie beiläufig hob er die Klaue an seiner Pranke. Blut troff von der eisernen Klinge. Zweifellos Senjatas Blut – und vermutlich auch noch das von einigen anderen.

»Diesmal bist du zu weit gegangen«, sagte der König. »Du hast den Frieden des Dschungels gebrochen und die Grenzen meines Reiches verletzt!«

»Den Frieden des Dschungels! Die Grenzen deines Reiches!« Eisenkralle tat, als würde er gähnen. Dabei ließ er die Zunge weit heraushängen, so als langweile er sich. »Mal ehrlich – geht dir dieses Getue nicht manchmal selbst auf die Nerven? Der große König Eisfell! Immerzu muss bei dir alles wichtig und bedeutungsvoll sein ...«

»... während dir nichts etwas bedeutet«, gab Eisfell zurück und machte einen Schritt auf ihn zu. Vorsicht war angebracht. Eisenkralles Hinterlist war berüchtigt – mancher, der den Fehler begangen hatte, ihn zu unterschätzen, hatte dafür mit dem Leben bezahlt. »Das hast du oft genug bewiesen.«

»So würde ich das nicht sagen.« Eisenkralles gelbe Augen weiteten sich. »Dein Thron zum Beispiel bedeutet mir durchaus etwas, Bruder.«

»Du hattest deine Chance, und du hast sie vertan«, sagte Eisfell, ohne eine Miene zu verziehen. »Jetzt nimm dein niederes Pack und verschwinde aus meinem Palast – oder dieser Tag wird dein letzter gewesen sein.«

»Du willst mir drohen?« Auch Eisenkralle spannte seinen Körper an, die Pfote mit der Klaue setzte er ein wenig vor. Beide Tiger waren nur einen Sprung weit voneinander entfernt. »Ich sollte

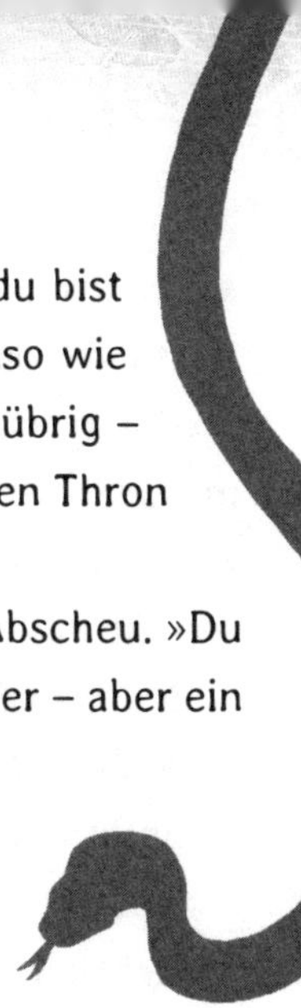

dir vielleicht etwas beichten, mein guter Eisfell – du bist bereits besiegt. Deine Getreuen sind alle tot, ebenso wie deine Wachen. Nur noch du und deine Familie seid übrig – deine Ära ist vorbei. Noch heute Nacht werde ich den Thron besteigen. Also lass es uns zu Ende bringen.«

»Du? König?« Eisfells Züge verzogen sich voller Abscheu. »Du bist ein Verräter, Eisenkralle, ein Dieb und ein Mörder – aber ein König? Niemals!«

»Wollen wir wetten?« Eisenkralle grinste.

»Nur über meine Leiche«, erwiderte Eisfell.

»Das lässt sich einrichten.« Wieder grinste der Tiger mit der Eisenklaue, und eine Sekunde hatte Eisfell den Eindruck, in seinen gelben Augen etwas aufblitzen zu sehen.

»Eisfell!«, rief die Königin in diesem Moment, und Biru der Gecko gab ein entsetztes Zischen von sich.

Eisfell fuhr herum – nur um zu sehen, wie sich etwas durch eine der Deckenöffnungen herabließ.

Ein schlanker, schuppiger Körper.

Eine Kobra!

Der schwarze, mit einem Zackenmuster versehene Leib der Schlange glänzte in dem einfallenden Regen, der breite Kopf mit den Giftzähnen war weit vorgereckt. Ihre Zunge zuckte unentwegt vor und zurück, auf der Suche nach einem Opfer.

»Raja!«

Sein neugeborener Sohn war alles, woran König Eisfell denken konnte. Mit einem Satz sprang er zurück und stellte sich schützend zwischen seine Familie und die Schlange, deren Haupt inzwischen den Boden erreicht hatte. Über die steinerne Wand glitt der Rest ihres dünnen Körpers geschmeidig herab.

»Bahaya«, knurrte König Eisfell verächtlich. »Ich hätte wissen müssen, dass Eisenkralle nicht den Mut aufbringt, sich mir allein zu stellen! Natürlich hat er sich Hilfe geholt – bei der hinterlistigsten Giftmischerin des Dschungels!«

»Meinem Gift ist es gleich, wen es tötet«, zischelte die Kobra, während sie weiter heranglitt. »Es macht auch vor gekrönten Häuptern nicht Halt, seien sie nun jung oder alt.«

»Das wirst du bereuen«, knurrte Eisfell.

»Ach, komm schon, Bruder«, meinte Eisenkralle verächtlich, der inzwischen ungehindert die königliche Geburtskammer betreten hatte. »Kannst du deine albernen Drohungen nicht mal für dich behalten? Auch die schärfste Klaue nutzt sich irgendwann ab und wird stumpf«, erklärte er, während er seine linke Pranke hob. »Außer meiner natürlich!«

»Ihr werdet es bereuen«, beharrte König Eisfell.

Unruhig flog sein Blick zwischen seinem Bruder und der Königskobra hin und her. Beide waren etwa gleich weit von ihm entfernt, und es war unmöglich festzustellen, wer von beiden ihn zuerst angreifen würde.

»Hast du etwa vergessen, was unser Vater uns gelehrt hat?«, fragte Eisenkralle. »Ein guter Kämpfer weiß, wann er geschlagen ist. Aufzugeben und sich dem stärkeren Gegner zu unterwerfen, ist ein Zeichen von Weisheit, nicht von Schwäche.«

»Nur zu, unterwirf dich«, entgegnete Eisfell ungerührt. Die Vorderläufe hatte er schräg von sich abgespreizt, um sich möglichst breitzumachen und den beiden Angreifern den Weg zu versperren. Den Kopf hielt er dicht über dem Boden, die Ohren waren eng angelegt und die Reißzähne entblößt.

Eisenkralle lachte kehlig. »Typisch für dich, dass du die Zeichen der Zeit nicht erkennst, Bruder. Dabei besteht noch Hoffnung, zumindest für deine Familie.«

»Was soll das heißen?«

»Ich bin nicht wie jene, die diesen Tempel einst bewohnten und sich gegenseitig umgebracht haben, Eisfell. Ich bin ein Jäger, genau wie du, und ich achte die Gesetze unserer Art.«

Der König schnaubte. »Seit wann?«

»Leiste Widerstand, und nicht nur du wirst sterben, sondern auch die Königin und ihr Sohn. Unterwirf dich mir, und zumindest deine Familie wird leben.«

»Du erwartest doch nicht im Ernst, dass ich dir das glaube?«

»Ich denke nicht, dass du eine Wahl hast, Bruderherz«, spottete Eisenkralle. »Wen auch immer du von uns angreifst – du kannst uns nicht beide gleichzeitig töten. Königin Cinta wird sterben – und ihr neugeborenes Kind mit ihr, so blind und hilflos, wie es ist. Wie hast du ihn vorhin genannt? Raja? Das bedeutet ›König‹, nicht wahr?« Eisenkralle verzog das vernarbte Gesicht in schlecht geheucheltem Mitleid. »Ich fürchte nur, daraus wird nichts.«

Eisfell fauchte wütend.

Wieder pendelten seine Blicke zwischen Eisenkralle und der Kobra hin und her, während er fieberhaft überlegte, wie er mit beiden gleichzeitig fertigwerden konnte. Doch sosehr es ihm auch widerstrebte, musste er sich schließlich eingestehen, dass Eisenkralle recht hatte. Er konnte es nicht mit beiden Angreifern auf einmal aufnehmen.

»Er lügt«, sagte Königin Cinta da, die das Zögern ihres Gemahls bemerkte. »Glaub ihm kein Wort, Eisfell! Er wird uns alle töten, ganz egal, was er sagt!«

»Aber nein!« Eisenkralle hob die blutige Klaue wie zum Schwur und sah seinen Bruder an. »Bei den Gebeinen unseres gemeinsamen Vaters Feuerfell, der vor dir der Herrscher von Astana gewesen ist, schwöre ich, dass ich deiner Familie kein Haar krümmen werde, wenn du dich mir unterwirfst!«

Eisfells Blicke zuckten immer noch hektisch umher. Sein Atem ging keuchend, sein Herz schlug rasend schnell, während seine Gedanken sich überschlugen. Er sah erst Cinta an und dann Raja, der noch so klein war und so hilflos – und so fällte der König einen Entschluss.

»Du schwörst wirklich, meine Familie zu schonen?«, fragte er. »Beim Großen Drachen und den Gebeinen unseres Vaters?«

»Beim Großen Drachen und den Gebeinen unseres Vaters«, wiederholte Eisenkralle ohne Zögern. In diesem Moment nahm Eisfell aus dem Augenwinkel eine Bewegung wahr.

Die Kobra!

Lautlos war sie weitergeschlichen und hatte sich ihm genähert. Schlagartig wurde Eisfell klar, dass Eisenkralles Angebot nur eine List gewesen war, ein Täuschungsmanöver, mit dem er ihn hatte ablenken wollen.

Doch die Erkenntnis kam zu spät.

Der König wich zurück, doch da schnellte Bayahas Kopf vor – und Eisfell verspürte einen scharfen Schmerz in seinem rechten Hinterlauf.

Die Schlange hatte zugebissen!

»Nein!«, rief Königin Cinta entsetzt – und Eisfell wusste, dass er verloren war. Nun musste er bis zum letzten Atemzug kämpfen. Vielleicht, sagte er sich, ließ ihm das Gift der Schlange noch genügend Zeit, um …

»Sag Raja, dass ich ihn liebe«, stieß er hervor, »und dass ich ihn niemals …«

Weiter kam er nicht. Das Gift der Kobra wirkte rasch. Eisfell merkte, wie es bereits nach seinem Herzen griff. Dennoch nahm er all seine verbliebenen Kräfte zusammen und stürzte sich auf die Schlange. Mit einem fürchterlichen Prankenhieb fegte er sie zur Seite und wollte weiter zu Eisenkralle – doch der griff bereits die Königin und ihren Sohn an, die mörderische Klaue zum tödlichen Streich erhoben.

Ehe Eisfell ihn daran hindern konnte, schlug er zu – und es war einzig Cintas blitzschneller Reaktion zu verdanken, dass die Klaue ihr Junges nicht durchbohrte. Das Haupt der Königin zuckte vor. Ihre Kiefer schlossen sich um Rajas Nacken, packten ihn und rissen ihn zurück, sodass die tödliche Klinge ihn verfehlte und nur sein rechtes Ohr streifte, das jedoch heftig zu bluten begann.

Raja wimmerte leise, blieb aber ansonsten unverletzt, worüber Eisenkralle in entsetzliche Wut verfiel.

Unter scheußlichem Gebrüll riss er das Maul mit den mörderischen Zähnen auf und wollte sich erneut auf die Königin und ihr Junges stürzen. Ein gleißender Blitz, dicht gefolgt von Donner, erhellte die Kammer ein weiteres Mal. In dem flackernden Lichtschein sah Eisenkralle, wie eine schneeweiße Gestalt auf ihn zusprang.

»Lauft!«, brüllte König Eisfell mit letzter Kraft.

Eisenkralle, der mit diesem Angriff nicht mehr gerechnet hatte, wurde von den Beinen gerissen. Ineinander verschlungen und verbissen gingen die beiden Tiger nieder und wälzten sich über den nackten Fels, immer wieder beleuchtet vom Licht der Blitze, die über den Himmel zuckten. Ein wildes Fauchen und Knurren begleitete den Kampf auf Leben und Tod. Zwar stand von vornherein fest, wie der Kampf enden würde, aber die Liebe zu Königin Cinta und zu seinem Sohn verlieh Eisfell ungeahnte Kräfte.

Das Letzte, was Königin Cinta von ihrem Gemahl hörte, während sie aus dem Palast in die Dunkelheit des Dschungels stürzte, ihr blindes, hilfloses Kind tragend, war ein langer, heiserer Schrei, der von den steinernen Wänden der Geburtskammer zurückgeworfen wurde und selbst den Donner für einen Augenblick verstummen ließ.

Dann kehrte schreckliche Stille ein.

Leben und Tod waren einander sehr nahe in den Nächten des Drachen.

1

Die Weißen Zähne

Zwei Drachenzeiten später.

»Biru?«

Der Ruf verhallte zwischen den spitzen Felsen, die in den Himmel ragten und wie riesige Zähne aussahen. Eine Antwort kam jedoch nicht. Von dem Gecko fehlte jede Spur.

»Biru, jetzt komm schon!«, rief Raja ungeduldig.

Er mochte es nicht, wenn ihn der kleine Kerl zum Narren hielt. Er kam sich dann immer unerfahren und hilflos vor. Und das wollte Raja auf gar keinen Fall sein. Denk nach, ermahnte er sich selbst.

Was hatte seine Mama ihm beigebracht? Er solle sich auf seine Sinne verlassen. Auf seine Augen und sein Gehör, seinen Geruchs- und Tastsinn.

Raja blieb stehen und konzentrierte sich. Es war früh am Morgen, deshalb war die Luft noch kühl – und sie roch nach so vielen Dingen, dass es schwer war, das eine vom anderen zu unterscheiden. Raja roch den Boden und die Fäulnis des nahen Waldes, Farnblätter und den bitteren Gestank von Baumpilzen; und noch früher am Morgen musste bereits ein Muntjak vorbeigekommen sein, denn der verführerische Duft seines zarten Fleischs hing noch immer in der Luft. Raja hörte ein Spitzhörnchen, das sich im Unterholz tummelte, und die Vögel im Geäst der Bäume, und seine Tasthaare sagten ihm, dass der Wind gedreht hatte und ein Schwarm Blauvögel in den Himmel aufgestiegen war. Und irgendwo zwischen all diesen Sinneseindrücken war vermutlich auch eine winzige Spur von Gecko dabei, aber wo genau?

Wie Raja diese Spiele hasste!

Warum nahm seine Mutter ihn nicht endlich mit auf die richtige Jagd? Viel lieber hätte er einem Schuppentier nachgespürt, als immer und immer wieder mit Biru Verstecken zu spielen. Früher war das lustig gewesen, aber seit einiger Zeit merkte Raja, dass er mehr wollte. Er wollte hinaus, hinaus in den Wald, wollte das Plateau der Weißen Zähne endlich verlassen und damit anfangen, die Welt zu entdecken. Aber so, wie die Dinge lagen, würde so schnell wohl nichts daraus werden.

»Biru«, knurrte Raja ungeduldig. »Wenn du dich nicht meldest, fress ich dich zum Frühstück!«

Er war sich sicher, dass seine Mutter es nicht mochte, wenn er so etwas sagte. Freunden damit zu drohen, sie aufzufressen, gehörte zu den Dingen, die man einfach nicht tat, und seine Mutter legte großen Wert darauf, dass Raja wusste, wie er sich zu benehmen hatte. Schließlich war er nicht irgendein beliebiger Tiger, sondern Prinz und Königsanwärter, und das machte natürlich alles viel komplizierter.

Plötzlich glaubte Raja, doch etwas wahrzunehmen.

Er verharrte und lauschte.

Dort vorn im Unterholz ... etwas kroch über ein fauliges Stück abgestorbene Baumwurzel. Etwas, das ungefähr so groß sein mochte wie ein Gecko ...

Raja triumphierte innerlich. Er würde dem kleinen Wichtigtuer einen gehörigen Schrecken einjagen. Mit einem Blick schätzte er die Entfernung bis zu dem Farnstrauch ab, spannte seine Muskeln an – und sprang.

Mit einem wilden Satz brach er durch den Vorhang der Blätter in der sicheren Erwartung, dort auf der moosbesetzten Wurzel eine kleine türkisfarbene Echse mit orangefarbenen Sprenkeln vorzufinden.

»Hab ich dich!«, rief er aus – doch da war kein Gecko.

Eigentlich war es noch nicht einmal eine Echse, die sich da in s-förmigen Windungen über die alte Wurzel quälte. Es war ein feuerroter Hundertfüßer, der sich zwar ebenfalls kriechend fortbewegte und etwa die Größe eines Geckos hatte, aber eben ganz eindeutig keiner war!

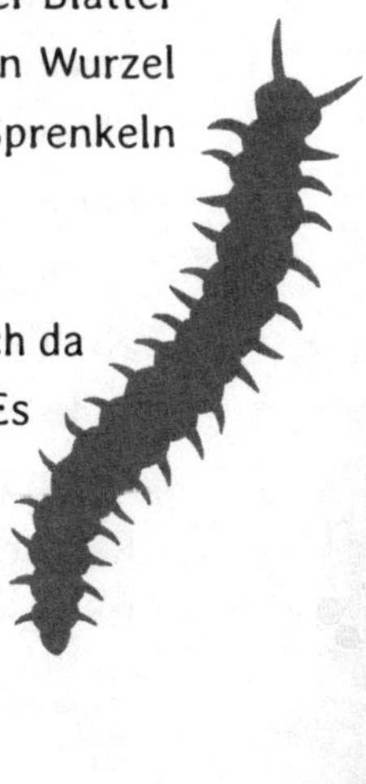

»Mist!«, rief Raja und hob die Pranke, um den Tausendfüßer von der Wurzel zu fegen.

Aber dazu kam es nicht.

Denn auf einmal fiel etwas von einem der hohen Felsen herab und landete geradewegs vor Rajas Vorderpfoten. Etwas, das länglich war und türkis und orangefarbene Sprenkel hatte – und das ihn aus großen Augen vorwurfsvoll anschaute.

»Was soll das denn werden, zum Gecko?«, fragte Biru und ließ geräuschvoll seine Zunge flattern.

»Da bist du ja endlich«, knurrte Raja und senkte seine Pfote. »Wo hast du dich bloß wieder versteckt?«

»Lenk nicht vom Thema ab, junger Mann!«, sagte der Gecko streng. »Du warst gerade dabei, diesen armen Kerl« – er deutete auf den Hundertfüßer, von dem nur noch das Ende zu sehen war, der Rest hatte bereits eilig die Flucht ergriffen -»zu schlagen!«

»Und?«, fragte Raja. »Das ist doch nur ein Hundertfüßer! Der kann ja noch nicht mal reden!«

»Und deshalb ist er in deinen Augen nichts wert?«, wollte der Gecko wissen.

»Nein, aber ...«

»Kann diese arme Kreatur etwas dafür, dass du sie nicht von einer Echse unterscheiden kannst?«, fragte Biru weiter.

»Nein, ich ...«

»Solltest du dich nicht lieber darum kümmern, deine Sinne zu schulen? Du musst dein Gesicht finden, Raja! Das ist wichtiger als alles andere!«

Raja seufzte.

Da war es wieder.

Das Gesicht.

Wenn Biru mit allen anderen Argumenten am Ende war, dann kam er stets damit um die Ecke – mit dem geheimnisvollen Gesicht, das jeder Jäger des Dschungels für sich finden musste. »Ein Jäger ohne Gesicht ist wie ein Baum ohne Blätter«, begann die alte Leier. »Ohne deine Gesichtssinne, Raja, bist du so blind wie ein Stück Holz und so taub wie ein Stein. Nur wenn du lernst, all deine Sinne einzusetzen und so das zweite Gesicht zu erlangen, wirst du ein echter Jäger werden, ein wahrer Krieger des Dschungels!«

»Woher willst du das wissen?«, fragte Raja gereizt. »Du bist kein Tiger – du bist ja noch nicht mal ein Jäger, sondern bloß eine Echse.«

»Das ›bloß‹ habe ich überhört, junger Mann!«, erwiderte der Berater streng, »und außerdem ...«

Weiter kam er nicht, denn Raja wischte mit der Pranke eine Ladung Laub zur Seite, die auf den Gecko niederging und ihn kurzerhand unter sich begrub.

Raja amüsierte sich königlich, doch seine Genugtuung währte nicht lange. Denn plötzlich nahm er einen bekannten Geruch wahr und eine vertraute Gegenwart – und bekam sofort ein schlechtes Gewissen.

»Hallo, Mama«, maunzte er leise.

2

Dunkle Zeichen

Das Gebüsch teilte sich, und Rajas Mutter Cinta trat hervor, schlank und anmutig. In ihrem Maul trug sie einen Hasen, den sie erlegt hatte, und den sie Raja vor die Füße warf. An einem anderen Tag hätte Raja sich heißhungrig auf sein Frühstück gestürzt – heute war das wohl nicht ratsam. Also blieb er zögernd stehen, auch wenn es ihn ziemliche Überwindung kostete, diesen Leckerbissen nicht auf der Stelle zu verschlingen.

»Was ist denn hier los?«, wollte Cinta wissen.

»Nichts, Mama«, behauptete Raja. Er wich ihrem Blick aus und sah zu Boden, wo Biru sich soeben aus dem fauligen Laub wühlte.

»Wie man es nimmt«, bemerkte der Gecko säuerlich. »Leider hat unsere Prinzlichkeit noch immer nicht gelernt, zusammen mit dem Instinkt auch seinen Verstand zu benutzen. Er hat mich doch glatt mit einem Hundertfüßer verwechselt ...«

»Petze«, raunte Raja ihm zu.

»... und seinen Zorn darüber hätte er am liebsten an dem armen Tier ausgelassen«, fuhr Biru unbeirrt fort. Und so als wollte er zeigen, dass er sich von Raja nicht einschüchtern ließ, fügte er ein entschiedenes »Gecko-gecko!« hinzu.

»Ist das wahr?«, fragte Cinta.

Raja blickte weiter zu Boden.

»Raja?«

Raja ließ sich auf den Boden nieder und beugte das Haupt. Den Schwanz hatte er zwischen die Beine gezogen. »Ja, Mama«, gestand er leise.

Er erwartete, dass ein Donnerwetter über ihm niedergehen würde, denen nicht unähnlich, die der Große Drache entfesselte, wenn er über dem Dschungel wütete.

Doch der große Krach blieb aus.

»Ach Raja«, sagte seine Mutter stattdessen, und zu seiner Bestürzung klang es nicht wütend, sondern eher enttäuscht, was noch schlimmer war. »Wie oft habe ich dir schon gesagt, dass wir unsere Stärke nicht dazu missbrauchen dürfen, uns an wehrlosen Kreaturen zu vergreifen?«

»Aber wir Tiger sind nun einmal stark«, wandte Raja ein.

»Das ist wahr«, bestätigte sie. »Aber diese Stärke ist kein Recht, sondern eine Verpflichtung – nämlich auf jene zu achten, die weniger stark sind als wir.«

»Du meinst, wie du auf den Hasen geachtet hast?«, fragte Raja mit Blick auf das Tier, das seine Mutter erlegt hatte.

»Das ist etwas anderes, und das weißt du«, widersprach Cinta. »Wenn wir jagen und töten, so dient dies dem Erhalt unserer Art. Wir alle, die wir im Dschungel leben, sind dem Gesetz unterworfen, das uns der Große Drache gegeben hat. Wir sind, wozu wir geboren wurden, und diese Rolle haben wir im Kreislauf der Natur zu erfüllen. Wenn wir jedoch jemandem das Leben nehmen, so tun wir es voller Demut und Dankbarkeit und bitten den Großen Drachen, sich der Seele des Gejagten anzunehmen, auf dass er in einem neuen Körper in diese Welt zurückkehren kann. Doch das ist unmöglich, wenn wir aus reiner Willkür töten oder gar im Zorn. Das Gesetz der Natur muss gewahrt bleiben, Raja. So hat der Große Drache es uns aufgegeben, und daran wollen wir uns halten. Verstehst du das?«, fügte sie eindringlich hinzu.

»Ja, Mama.« Er nickte.

»Mein lieber Raja.« Sie seufzte und beugte sich zu ihm herab, leckte ihm sanft das Nackenfell, wie sie es früher oft getan hatte, als er noch ganz klein gewesen war. »Du musst noch so viel lernen. Biru hat recht, wenn er streng mit dir ist. Es ist wichtig, dass du deine Sinne entwickelst. Ohne das Gesicht des Jägers wirst du niemals in der Lage ...«

»Ich weiß, Mama«, versicherte Raja und blickte fragend zu ihr auf. »Aber wie soll ich denn lernen, ein Jäger zu werden, wenn ich immer nur hierbleibe, im Schutz der Weißen Zähne? Ich will dich endlich auf der Jagd begleiten und mit dir in den Dschungel gehen!«

»Hab Geduld«, sagte sie und sah ihn mit sanften Augen an. »Der Tag wird kommen, an dem du ...«

Plötzlich verstummte sie.

Cinta stand da wie erstarrt. Nur ihre Gesichtshaare bebten leicht. Das Fell an ihrem Schwanz hatte sich aufgeplustert.

»Was habt Ihr, Hoheit?«, wollte Biru wissen, und selbst Raja konnte hören, dass in seiner Stimme Sorge mitschwang. »Habt Ihr etwas gewittert?«

Cinta gab keine Antwort.

Stattdessen fuhr sie herum, duckte sich und schlüpfte unter dem Farngebüsch hindurch ins Freie. Raja und Biru folgten ihr, wobei auch Raja seine Sinne befragte. Er konnte jedoch nichts Außergewöhnliches feststellen. Spitzhörnchen, ein Kleinkantschil und ein paar Vögel ...

Alles war wie immer.

Bis auf eine Ausnahme.

Seine Mutter roch anders. Und Rajas Rückenhaare sträubten sich, als ihm der Grund dafür klar wurde.

Sie verströmte den Geruch von Angst. Sie fürchtete sich.

»Was ist los, Mama?«, wollte er wissen. Instinktiv suchte er ihre Nähe und drängte sich an ihre Beine.

»Ich spüre etwas«, erwiderte sie flüsternd. »Eine Gefahr.«

»Bist du sicher? Ich meine, es ist ein schöner Tag, die Sonne scheint, und es sind Vögel am Himmel ...«

»Schhh«, schnitt sie ihm leise das Wort ab, um heiser hinzuzufügen: »Genau das macht mir Sorgen.«

Ihr Blick war steil emporgerichtet, auf den hellblauen Himmel, der sich an diesem Morgen über dem Zahngebirge spannte. Ein großer Vogel zog dort seine Bahn wie ein schwarzer Schatten – vermutlich ein Nashornvogel aus dem Wald, der sich unterhalb der Weißen Zähne erstreckte. Raja hatte schon einige von ihnen verspeist, wenn seine Mutter sie von der Jagd mitgebracht hatte. Mal abgesehen davon, dass man anschließend das Maul voller Federn hatte, die einen den ganzen Tag im Rachen kratzten, schmeckten Nashornvögel ganz vorzüglich. Warum also war seine Mutter derart beunruhigt?

»Siehst du diesen Vogel dort?«, fragte sie, mit der Schnauze zum Himmel deutend.

»Klar. Was ist mit ihm?«

»Er hat hier nichts zu suchen. Nashornvögel verlassen den Schutz des Dschungels für gewöhnlich nicht.«

»Vielleicht hat er sich verflogen. Kann ja leicht passieren, wenn man so ein Horn über dem Auge hat und die Sonne nicht sehen kann.«

In dem Versuch, seine Mutter aufzuheitern, hielt Raja sich eine Pfote vor die Stirn, um zu demonstrieren, wie es einem Nashornvogel gehen musste. Aber Cinta war offenbar nicht zum Scherzen zumute. Sie beobachtete den Vogel weiter – der in diesem Moment seinen Kurs änderte und gen Norden flog, dorthin, wo sich die großen Tualang-Bäume erhoben.

»Also doch«, knurrte die Tigerin.

»Was meinst du?«, fragte Raja. »Was bedeutet das alles?«

»Es ist vorbei«, sagte Cinta tonlos, und in ihrer Stimme schwang eine Endgültigkeit mit, die Raja trotz der schwülen Hitze, die vom Dschungel heraufzog, schaudern ließ. »Dieser Vogel war ein Spion. Wir wurden entdeckt.«

»Ein Spion?«, fragte Raja. Sein Herz begann schneller zu schlagen. »Von wem?«

Seine Mutter sah ihn an. Die Pupillen ihrer Augen waren schmal geworden, die Lider regten sich nicht mehr. Jede Sanftheit war aus ihrem Gesicht verschwunden.

»Eisenkralle«, sagte sie nur.

3

Ein schwerer Entschluss

Eisenkralle.

Raja zuckte zusammen. Sein rechtes Ohr, das seit dem Tag seiner Geburt gespalten war, schmerzte plötzlich.

Den Namen des Tigers zu hören, der seinen Vater getötet hatte, war ein Schock für ihn.

»A-aber ich dachte, Eisenkralle wäre weit weg von hier, im Palast von Astana!«

»Das dachte ich auch«, gab seine Mutter zu. »Ich hatte gehofft, nach all den Monden, die vergangen sind, hätte er die Suche nach uns aufgegeben ... aber das war wohl ein Irrtum. Der Nashornvogel beweist es.«

»Seid Ihr sicher, Hoheit?«, meldete auch Biru Zweifel an. Der Gecko wuselte kreuz und quer über das Felsgestein. Seine Nervosität war nicht zu übersehen. »Selbst wenn der Vogel tatsächlich ein Spion von Eisenkralle war, muss er Euch nicht unbedingt gesehen haben ...«

»Dieses Risiko können wir nicht eingehen«, erwiderte Cinta gepresst. Ihr Schwanz war aufgeplustert und peitschte hin und her. Noch niemals zuvor hatte Raja seine Mutter derart aufgebracht erlebt.

»Was sollen wir tun, Mama?«, fragte er und fürchtete sich vor der Antwort.

»Wir müssen fliehen, Raja. Auf der Stelle.«

»A-aber die Weißen Zähne sind mein Zuhause«, wandte Raja stammelnd ein. Heute Morgen noch hätte er alles dafür gegeben, den Schutz der Felsen zu verlassen, um gemeinsam mit seiner Mutter durch den Dschungel zu streifen. Jetzt machte ihm der Gedanke auf einmal Angst.

»Die Weißen Zähne sind nicht mehr sicher.« Cintas Stimme klang endgültig.

»A-aber ich ...«, wollte Raja widersprechen, doch er sah ein, dass es sinnlos war.

Seit jener Nacht, in der sein Vater von Eisenkralle ermordet worden war, hatten seine Mutter und er sich versteckt – zunächst in den Sümpfen, wo das viele Wasser und der Geruch von Fäulnis sämtliche Spuren verwischten; später dann, nachdem Eisenkralle die Macht im Dschungel an sich gerissen und sein Blutdurst sich ein wenig gelegt hatte, im Schutz der Berge. Die Weißen Zähne waren zu Rajas Heimat geworden, hier war er aufgewachsen, hatte Schleichen und Springen gelernt und manches andere, das ein junger Tiger wissen musste. Und obwohl seine Mutter ihm natürlich schon früh von Eisenkralle erzählt hatte, war die Bedrohung weit weg gewesen und so unwirklich, dass er sie im Laufe der Zeit fast vergessen hatte.

Bis zu diesem Augenblick.

»Eisenkralle ist da draußen, Raja«, erklärte seine Mutter eindringlich, »und er will uns töten. Ich weiß, dass es für dich schwer ist, das zu verstehen. Aber dies ist kein Spiel, sondern die bittere Wirklichkeit.«

»I-ich weiß«, versicherte Raja. Sein Herzschlag raste, seine Ohren zuckten, nur ganz langsam fasste sein Verstand wieder Tritt. »Aber ich will nicht von hier weg, Mama! Könnten wir Eisenkralle nicht sagen, dass ich keine Gefahr für ihn bin? Ich kann ja noch nicht einmal richtig jagen! Und mein zweites Gesicht habe ich auch noch nicht gefunden«, fügte er mit einem Blick auf Biru hinzu.

»Noch nicht«, gab seine Mutter zu. »Aber der Tag wird kommen, und Eisenkralle wird sicher nicht warten, bis du alt und erfahren genug bist, um ihn herauszufordern. Er will dich jetzt töten, Raja, so wie er deinen Vater getötet hat, daran besteht kein Zweifel. Und deshalb müssen wir fort von hier.«

Sie schickte sich an davonzuhuschen.

»Müssen wir sofort los?«, fragte Raja entsetzt.

»Ja, wir dürfen keine Zeit verlieren!«

»Können wir nicht wenigstens noch einmal in unsere Höhle zurück? Bitte, Mama! Nur noch ein einziges Mal!«

»Mit Verlaub, Hoheit«, warf Biru ein, »das halte ich für keine gute Idee!«

»Misch dich da nicht ein«, fuhr Raja ihn an.

»Raja!«, rief seine Mutter ihn zur Ordnung. »Es tut mir leid, aber wir müssen jetzt aufbrechen.«

»Aber ich bin in dieser Höhle aufgewachsen! Ich möchte sie noch einmal riechen, noch einmal fühlen ...«

»Gecko-gecko«, machte Biru aufgeregt und ließ seine Zunge flattern – Cinta jedoch musste trotz der Anspannung, unter der sie stand, lächeln.

»Du bist deinem Vater sehr ähnlich, Raja«, sagte sie. »Geh – aber nur kurz.«

»Hoheit!«, wandte Biru entschieden ein. Der Gecko hatte sich in den Schatten eines Felsenzahns geflüchtet und flüsterte jetzt nur noch. »Ich möchte noch einmal in aller Entschiedenheit anmerken, dass ich das für keine gute ...«

Raja knurrte Biru so böse an, dass sein Berater verstummte. Beleidigt wandte er sich ab und huschte über den Fels, ein türkisfarbener, orange gesprenkelter Blitz auf weißem Grund.

Raja folgte seiner Mutter auf leisen Sohlen aus dem Unterholz und durch das Labyrinth der Steine in Richtung der Niemalssonne, wo sich die Höhle befand, die über so lange Zeit ihr Zuhause gewesen war. Ohne sie würden Raja und seine Mutter heimatlos sein und auf der Flucht, auf der Suche nach einer neuen Bleibe und einem Revier, in dem sie ungestört jagen konnten und wo

Eisenkralles Zorn sie nicht erreichte. Und obwohl Raja noch jung war und nicht viel darüber wusste, was es bedeutete, ein Tiger zu sein, war ihm klar, dass es nicht einfach werden würde, einen solchen Ort zu finden.

Immer wieder blickte Cinta nach oben und hielt Ausschau nach weiteren Spionen. Doch der Nashornvogel schien der einzige gewesen zu sein, und Raja fragte sich schon, ob sich seine Mutter vielleicht geirrt hatte und es womöglich gar keiner von Eisenkralles Spitzeln gewesen war, als Cinta plötzlich verharrte.

Ihr Schwanz war steil aufgerichtet, ihren Kopf hatte sie weit in den Nacken gelegt, die Ohren streng nach vorn gerichtet. Raja kannte diese Haltung nur zu genau – es war die eines Kriegers, der einen Feind gewittert hatte.

»Mama?«, fragte er leise.

»Was riechst du?«, fragte sie flüsternd zurück.

Raja konzentrierte sich, griff mit den Tigersinnen um sich, wie sie es ihm beigebracht hatte. Eine verwirrende Vielfalt von Eindrücken prasselte auf ihn ein, aber einige davon waren sehr viel stärker als andere.

Unruhe erfüllte die Luft, die Tiere auf dem Berg hatten Angst. Und da war ein Geruch, den Raja noch nie zuvor wahrgenommen hatte. Ein Geruch, der wild war und barbarisch und der nach Tod stank und Gefahr …

»Was ist das?«, keuchte Raja.

»Das ist Eisenkralle«, sagte Cinta nur und bestätigte damit seine schlimmste Befürchtung.

»Aber wie kann das sein? Er ist doch weit weg im Palast von Astana, und …«

»Nein«, unterbrach sie ihn mit harter Stimme. »Er ist bereits hier, Raja.«

»Was?«, kreischte Biru, der die beiden von einem nahen Felsen aus belauscht hatte. Er erschrak über seinen eigenen Schrei und wiederholte leiser: »Was?«

»Ich hätte es wissen müssen«, knurrte Cinta und senkte resignierend das Haupt. »Der Nashornvogel ist nur eine Täuschung gewesen, ein Köder, um uns hervorzulocken. In Wahrheit haben Eisenkralles Spione uns wohl bereits vor einiger Zeit entdeckt und ihn verständigt. Und nun ist er persönlich gekommen, um seinen Erzfeind zur Strecke zu bringen.«

»Sei-seinen Erzfeind?«, ächzte Raja.

»Dich, mein Sohn«, erklärte sie und sah ihn durchdringend an. »Du bist der Sohn von Eisfell, seinem größten Rivalen, und damit der Einzige, der ihm je gefährlich werden könnte. Indem er dich tötet, sichert er seine Herrschaft über den Dschungel über viele Drachenzeiten.«

»Dann müssen wir sofort fliehen!« Raja begriff auf einmal, in welcher Gefahr sie schwebten.

»Dazu ist es zu spät.«

»Dann ... dann stellen wir uns ihm und kämpfen!«, schlug Raja in seiner Verzweiflung vor.

»Ich wäre ihm nicht gewachsen«, widersprach sie, »und du ebenfalls nicht. Eisenkralles Klaue würde uns beide töten – und du musst leben, Raja! Denn nur wenn du am Leben bleibst, kannst du Eisenkralle eines Tages stürzen und das Erbe deines Vaters antreten! Verstehst du das?«

»J-ja«, bestätigte Raja und senkte das Haupt.

Sie hatten oft darüber gesprochen. Wieder und wieder hatte seine Mutter ihm die Geschichte seiner Herkunft erzählt, hatte ihm gesagt, wer er war und welche Verantwortung auf seinen Schultern ruhte – und dennoch war alles immer so weit weg gewesen. Bis jetzt.

»Du weißt, was das bedeutet«, sagte seine Mutter.

»Nein, Mama.« Raja schüttelte den Kopf. »Bitte nicht.«

»Ich wünschte, wir hätten eine Wahl, mein Kleiner. Aber wir haben sie nicht.« Raja beschnupperte ihre Vorderpfoten, worauf sie ihn sanft in den Nacken stupste. »Ich wollte nicht, dass dieser Tag kommt«, versicherte sie, »aber nun ist er da.«

»Bitte nicht, Mama«, flehte Raja. »Lass mich nicht allein!«

»Du bist nicht allein. Biru wird dich begleiten.«

»U-und du?«

»Ich werde den Weg zurückgehen und Duftmarken setzen, um Eisenkralle von deiner Fährte abzulenken«, erklärte seine Mutter gefasst. »Eisenkralle ist ein geübter Jäger, du kannst ihm nur entkommen, wenn etwas deine Spur verwischt. Wenn alles gut geht, sehen wir uns am Wasserfall.«

»Und ... wenn nicht?«

»Ihr kennt den Plan«, sagte Cinta und bedachte Biru mit einem langen, eindringlichen Blick. »Ihr wartet bis Sonnenuntergang. Wenn ich es bis dahin nicht zum Treffpunkt geschafft habe, geht ihr ohne mich.«

»Aber Mama ...«

»Ihr werdet nicht länger warten«, schärfte sie Raja ein, »und du wirst auch nicht losziehen, um mich zu suchen. Hast du das verstanden?«

Raja sah sie an. Er schluckte und zögerte. Noch nie hatte er seine Mutter so ernst und streng erlebt. Es schüchterte ihn ein und machte ihm Angst.

Und es sorgte dafür, dass er zögernd nickte.

»Versprich es mir«, verlangte sie energisch.

»Ich versprech's«, sagte er leise.

»Ihr geht den Weg, den ich dir unzählige Male beschrieben habe: Zunächst in Richtung der Abendsonne ...«

»... und dann zum Großen Wasser«, bestätigte Raja, um zu beweisen, dass er aufgepasst hatte. »Dort, bei den Schwimmenden Felsen, befindet sich die Insel der Bayangai.«

»Richtig«, sagte seine Mutter. »Frage dort nach Tigerauge.«

»Tigerauge?« Raja blickte auf. Diesen Namen hörte er zum ersten Mal. Wieso hatte seine Mutter ihn noch nie erwähnt? Er verstand gar nichts mehr.

»Er war deinem Vater treu ergeben und wird dir helfen, deine Ausbildung zum Jäger zu beenden«, erwiderte Cinta und beantwortete damit indirekt Rajas bangste Frage. Ganz offenbar rechnete seine Mutter nicht mehr damit, seine Ausbildung selbst abschließen zu können.

»Mama«, stammelte er entsetzt.

»Von nun an bist du auf dich gestellt, mein lieber kleiner Raja«, sagte Cinta. Alle Strenge und Härte fiel von ihr ab, als sie sich ein letztes Mal zu ihm hinabbeugte, um ihren Wangenflaum an seinem zu reiben. »Pass auf dich auf, und denk an das, was du gelernt hast«, schärfte sie ihm ein. »Und vergiss niemals, wer du bist, Raja, Sohn von Eisfell, Prinz des Dschungels!«

»Ja, Mama«, flüsterte Raja nur, der fühlen konnte, wie ernst es ihr war. Noch einmal drängte er sich an ihre Vorderläufe, und sie vergrub ihre Nase in seinem Nacken und verharrte einen Augenblick, der viel zu kurz war.

Dann richtete sie sich auf.

Sie sah jetzt anders aus als zuvor. Sanftheit und Güte waren wieder aus ihrer Miene gewichen. Ihre Augen waren winzig klein, ihre Ohren so eng angelegt, dass sie kaum noch zu sehen waren.

Sie nickte Biru zu, dann wandte sie sich ab und huschte davon, und im nächsten Moment war ihr schlanker, schwarz gestreifter Körper zwischen den Felsen verschwunden.

»Mama?«, hauchte Raja noch einmal.

Aber er erhielt keine Antwort mehr.

4

Eisenkralle

Er hatte lange gewartet.

Sehr lange.

Aber nun endlich, nach vielen Monden des Wartens, hatte sich seine Geduld bezahlt gemacht.

Gedankenverloren starrte König Eisenkralle auf die stählerne Klaue, die an seine linke Pranke gebunden war und die er in den Bach gesteckt hatte. Das Wasser war angenehm kühl. Eisenkralle schaute zu, wie es das Blut von der Klinge wusch und als rosafarbene Wolke fortspülte. Dann zog er die Klaue wieder heraus und betrachtete sie zufrieden. Sie war zu seinem Erkennungszeichen geworden, zu einem Symbol des Schreckens – und wieder einmal hatte sie ihm zuverlässige Dienste geleistet.

Eisenkralle nahm Pedangs Anwesenheit wahr, lange bevor dieser aus dem Gebüsch trat. Der Makake verströmte einen solch durchdringenden Gestank, dass es unmöglich war, ihn nicht zu bemerken. Ganz abgesehen davon, dass Pedang und seine Leute einen Lärm machten wie eine Elefantenherde, die durch den Dschungel bricht.

»Und?«, fragte Eisenkralle, ohne von seiner Waffe aufzusehen. »Habt ihr den kleinen Dschungelprinzen gefunden?«

»Nein, Majestät«, kam es zögernd zurück.

»Und du wagst es trotzdem, mir unter die Augen zu treten?«

Eisenkralle konnte die Angst des Makaken riechen. Ganz langsam wandte er sich um und bedachte Pedang mit einem prüfenden Blick. Der Affe hatte dunkles, fast schwarzes Fell und lange Arme. Seine Backen waren dick aufgeplustert – vermutlich hatte er sie mit irgendwelchem Krabbelvieh vollgestopft, das er unterwegs gefunden hatte und das er nun herumtrug, bis er die Zeit fand, es zu fressen. Pedangs Kopfhaare standen ihm zu Berge, und seine großen gelben Augen waren unterwürfig zu Boden gerichtet.

»Das Gebiet der Weißen Zähne ist weitläufig, und es gibt eine Unzahl von Verstecken«, beeilte er sich zu erklären. »Meine Leute können nicht überall gleichzeitig sein. Aber wenn Ihr vielleicht die ein oder andere Information ...«

»Leider nein«, schnappte Eisenkralle und verzog verärgert das Gesicht. »Bedauerlicherweise hat sich Königin Cinta entschieden, von uns zu gehen, ohne mir vorher das Versteck ihres Sohnes zu verraten.«

»Ihr ... Ihr habt ... Ihr habt sie ...?«, stammelte der Anführer der Makaken.

»Die Gute war dabei, eine falsche Fährte zu legen, als ich sie fand«, erwiderte Eisenkralle gleichgültig. »Ich bot ihr an, ihr Leben zu schonen, wenn sie mir den Aufenthaltsort ihres Sohnes verriete, doch sie lehnte ab. Mehr noch, sie war so töricht, sich mir zum Kampf zu stellen. Also ...«

Ein sichtbarer Kloß wanderte Pedangs dünnen Hals hinauf und wieder hinab. »I-ich verstehe, Majestät«, versicherte er.

»Da wir also nicht wissen, wo sich der kleine Prinz versteckt hält«, fuhr Eisenkralle fort, wobei sich seine narbigen Züge spöttisch in die Länge zogen, »bleibt uns wohl nichts anderes übrig, als weiter nach ihm zu suchen. Du und deine Soldaten werdet euch diese Seite des Berges vornehmen. Ich übernehme die andere.«

»Verstanden, Majestät«, versicherte Pedang. »Darf ... ich Euch noch etwas fragen, Hoheit?«, fügte er zögernd hinzu.

Eisenkralle seufzte. »Ich bezweifle, dass dich die Antwort klüger machen wird«, knurrte er. »Aber bitte.«

»Warum seid Ihr so versessen darauf, Eisfells Sohn zu fangen?«, erkundigte sich der Makake und legte wissbegierig den Kopf schief. »Ich meine, Ihr habt den Thron von Astana bestiegen und seid der uneingeschränkte Herrscher über den Dschungel. Alle Tiere fürchten Euch und Eure eiserne Klaue, und niemand würde es wagen, Euch die Krone streitig zu machen. Wieso lasst ihr Eisfells Sohn nicht einfach laufen? Er kann Euch doch nicht gefährlich werden!«

»Idiot!«, schnaubte Eisenkralle und schüttelte unwillig das Haupt. »Glaubst du denn, Eisfells Sohn wird immer ein Kind bleiben?« Er wandte sich wieder um und starrte in den Bach. Sein Spiegelbild, das er im reißenden Wasser sah, war fürchterlich verzerrt. »Kurz nach Eisfells Tod«, sagte er dann leise, »stattete ich Menganga einen Besuch ab.«

»Menganga?« Wieder konnte man Klöße durch Pedangs Hals wandern sehen, als er schlucken musste. »Da-das Krokodil?«

Eisenkralle nickte. »Wie es heißt, ist Menganga vom Großen Drachen mit der Gabe beschenkt, das Kommende zu sehen. Also fragte ich sie, wie es um meine Zukunft bestellt sei ... und um meine Herrschaft ...«

»Und? Was hat sie geantwortet?«

Eisenkralle bedachte den Affen mit einem kalten Blick. »Dass ich ein großer Herrscher sein würde und alle Tiere des Dschungels sich mir unterwerfen werden«, erwiderte er. »Und dass ich nur einen fürchten müsse.«

»Und wen?«, fragte Pedang neugierig.

»Menganga sagte mir, ich solle jenen fürchten, der den Winter im Fell und das Eis in den Augen trägt.«

»Und wer soll das sein?«, fragte Pedang erneut. Er dachte so stark nach, dass seine Stirn sich in Falten legte.

»Idiot!«, fuhr Eisenkralle ihn in barschem Ton an. »Eisfells Sohn natürlich! Der Tigerjunge mit dem weißen Fell und den hellblauen Augen!«

Pedangs Miene hellte sich auf. »Na klar! Und deshalb muss er sterben.«

»Wie klug du doch bist, Pedang. Eines Generals würdig.«

»Nicht wahr?« Der Affe, der die Bande der Makaken anführte, nickte eifrig.

»Schade nur, dass du nicht immer so klug gewesen bist«, versetzte der König säuerlich. »Hättest du den Jungen und seine Mutter in jener Nacht damals nicht entkommen lassen, bräuchte ich mir jetzt nicht den Kopf über diese Dinge zu zerbrechen.«

»E-es war eine stürmische Nacht«, verteidigte sich der Makake. »Der Große Drache tobte, und es regnete in Strömen – wie hätten wir der Spur der Flüchtlinge da folgen sollen?«

»Ausflüchte, nichts als Ausflüchte«, brüllte Eisenkralle. »Wozu unterhalte ich ein ganzes Heer gefräßiger Makaken, wenn es ihnen nicht gelingt, meine Feinde ausfindig und unschädlich zu machen?«

»Wie recht Ihr habt, Hoheit«, versicherte Pedang beflissen. »Wie überaus recht ...«

»Noch einmal werde ich dir ein solches Versagen nicht durchgehen lassen, General Pedang. Finde Cintas Sohn, und bring ihn zu mir!«, rief Eisenkralle und hob drohend die Pranke mit der Klinge.» Oder du wirst am eigenem Leib erfahren, wie scharf meine Klaue ist.«

5

Auf der Flucht

Es hatte zu regnen begonnen.

Irgendwann am Nachmittag waren dichte Wolken aufgezogen, und nun goss es in Strömen, während grelle Blitze den Himmel teilten und den Dschungel flackernd beleuchteten.

Raja zitterte am ganzen Leib.

Sein Fell war durchnässt und klebte an ihm, während er im feuchten Unterholz kauerte, den Kopf zwischen die Vorderbeine gelegt und den Schwanz eingezogen. Die Ohren hielt er gespitzt, doch konnte er außer dem Prasseln des Regens kaum etwas hören. Und er roch nichts als die allgegenwärtige Feuchtigkeit, die den Boden und alles um ihn herum tränkte.

Das Gesicht des Jägers – er hatte es noch immer nicht, und dabei hätte er es so dringend gebraucht! Jetzt, da Eisenkralle ihm nach dem Leben trachtete! Der grausame Tiger, der seinen Vater auf dem Gewissen hatte und nun auch ihn töten wollte ...

Rajas Herz raste in seiner Brust. Sein Atem ging stoßweise, während er sich im Halbdunkel umblickte, in der Hoffnung, dass das Unterholz sich teilen und seine Mutter zurückkehren würde. Da! Ein Knacken, so laut, dass es selbst durch den rauschenden Regen zu hören war!

»Mama?«, fragte Raja halblaut. »Bist du das?«

Noch einmal knackte es im Unterholz.

»Mama ...?«

Wind kam auf, der einen Geruch herantrug – aber es war nicht der vertraute Geruch seiner Mutter, den Raja wahrnahm, sondern ein anderer, fremd und wild und voller Bosheit!

In diesem Moment teilte sich das Dickicht, und mit einem Donnerschlag trat ein riesiger Tiger aus dem Unterholz hervor. Sein Fell war von Narben übersät, die Augen leuchteten vor Mordlust. Das Maul stand offen, sodass die Reißzähne zu sehen waren – und an seiner linken Pranke war eine grässliche stählerne Klaue befestigt ...

»Eisenkralle!«

Raja wollte aufspringen, aber er konnte nicht. Seine Beine gehorchten ihm nicht, angstvoll presste er sich an das nasse Erdreich.

»Hallo, Raja!«, sagte der Verräter mit einer Stimme, die seltsam schrill war und nicht recht zu ihm passen wollte, aber darüber dachte Raja gar nicht nach. Vor Furcht zitternd, starrte er auf seinen Erzfeind, der sich duckte und bereit machte zum Sprung – und einen Lidschlag später stürzte sich Eisenkralle mit fürchterlichem Gebrüll auf ihn ...

»NEIN!«

Raja fuhr hoch – nur um verwirrt festzustellen, dass Eisenkralle verschwunden war!

Wie war das möglich? Wo war er so plötzlich hin?

Mit noch immer rasendem Herzen blickte Raja sich panisch um. Statt wie eben noch im feuchten Unterholz fand er sich in einer nicht weniger feuchten Höhle wieder. Sein Fell war nass, und er fror tatsächlich, alles andere hatte er aber nur geträumt. Jäh fiel ihm alles wieder ein.

Wie versprochen hatten Biru und er das Versteck hinter dem Wasserfall aufgesucht und dort auf seine Mutter gewartet. Es war immer später geworden, und Raja musste irgendwann vor Erschöpfung eingeschlafen sein.

Der Traum steckte ihm in den Knochen. Noch immer konnte er Eisenkralle vor sich sehen, sein grässliches Gebiss und das Lodern in seinen Augen ... Es war so echt gewesen, so real! Genau wie die Geräusche, die er gehört hatte. Doch jetzt erkannte er, dass der prasselnde Regen aus seinem Traum in Wahrheit das Rauschen des Wasserfalls war. Und die Stimme gehörte in Wirklichkeit Biru, der ihn geweckt hatte.

»Hallo!«, rief der Gecko noch einmal. Sein Berater klebte kopfüber an der niedrigen Höhlendecke und sah Raja aus großen Augen

an. »Wach endlich auf! Es ist Abend!«

»Abend?«

Raja blickte zum Höhleneingang. Tatsächlich! Durch den Wasserfall, der den Höhleneingang verschloss, konnte man den orangeroten Himmel sehen. Aber – wo war seine Mutter?

»Mama?«

Raja schaute sich in der Höhle um, doch da war niemand. Niemand außer ihm und Biru, der ihn mitleidig ansah.

»Es ... es tut mir leid, Raja«, sagte der Gecko und machte dabei einen ziemlich elenden Eindruck. »Die Königin, sie ... sie ist nicht gekommen. Wir müssen annehmen, dass sie ...«

»Nein!«, fiel Raja ihm ins Wort und schnaubte zornig. »Sprich nicht weiter! Denk es nicht einmal!«

»Sie wollte bis Sonnenuntergang zurück sein«, erinnerte Biru ihn. »Doch bislang fehlt jede Spur von ihr.«

»Dann braucht sie eben noch etwas Zeit«, beharrte Raja. »Wir warten.«

»Aber ...«

»Wir warten!«, wiederholte Raja so entschieden, dass nicht einmal der sonst so vorlaute Gecko zu widersprechen wagte. Raja knurrte und ließ sich auf sein nasses Bauchfell nieder. So kauerte er auf dem nackten Fels und starrte am Wasserfall vorbei in den Himmel, der immer noch röter wurde, bis er die Farbe von Blut angenommen hatte – und dann rasch dunkel wurde. Sterne traten hervor, die durch den rauschenden Vorhang aus Wasser funkelten, und schließlich erschien auch die bleiche Scheibe des Mondes.

»Raja«, begann Biru leise. Der Gecko hatte seinen Platz an der Höhlendecke aufgegeben und kauerte jetzt neben Raja auf dem Boden. Seine ansonsten türkisfarbene Haut sah im spärlichen Licht dunkelblau, fast schwarz aus. »Wir müssen gehen ...«

»Nein«, erklärte Raja und schüttelte trotzig den Kopf.

Er wollte nicht weg.

Nicht ohne seine Mutter.

Er würde warten.

Die ganze Nacht, wenn es sein musste.

Und den Tag danach auch ...

»Aber Eisenkralle ist irgendwo da draußen«, wandte Biru ein. »Er sucht nach dir.«

»Na und?« Raja fauchte grimmig. »Soll er doch kommen! Ich habe keine Angst vor ihm!«

»Doch, hast du«, widersprach der Gecko, als könnte er in Rajas Inneres sehen, »und ich auch.«

»Dann geh doch«, murrte Raja.

»Das werde ich, aber nicht ohne dich. Ich habe deiner Mutter nämlich versprochen, auf dich aufzupassen. Und du, mein junger Freund, hast versprochen, dich auf den Weg zu machen, wenn sie bis Sonnenuntergang nicht zurück sein sollte.«

Raja schüttelte unwillig den Kopf. Sosehr es ihm widerstrebte, wusste er, dass Biru recht hatte. Seine Mutter hatte ihm das Versprechen abgenommen, dass er sich notfalls allein auf den Weg zum Meer begeben würde. Allerdings hatte er da noch gehofft, dass sie zurückkehren und sie sich gemeinsam auf die Reise machen würden. Jetzt sah alles anders aus, und der Gedanke, diese Höhle ohne seine Mama zu verlassen, zerriss ihm fast das Herz.

»Tut mir wirklich leid, kleiner Prinz«, sagte Biru und tapste auf Raja zu. »Ich weiß, dass du traurig bist, und ich weiß auch, dass du deine Mutter vermisst. Aber du hilfst ihr nicht, indem du hierbleibst und darauf wartest, dass Eisenkralle dich findet. Du musst gehen, jetzt gleich, so wie du es ihr versprochen hast.«

»Aber – wenn sie doch noch kommt?«, fragte Raja. Er fühlte sich ganz elend. In ihm tat alles weh.

»Dann wird sie wissen, wohin wir gegangen sind, und uns folgen«, war Biru überzeugt.

»Und wenn sie unsere Hilfe braucht?«

»Selbst wenn, sieh uns doch an!« Der Berater seufzte. »Ein Gecko und ein Tigerjunges! Was sollen wir beide denn schon ausrichten?«

»Ich bin kein Tigerjunges mehr!«, widersprach Raja entrüstet.

»Aber auch noch kein ausgebildeter Jäger. Und ganz bestimmt kein ebenbürtiger Gegner für Eisenkralle«, konterte Biru – und da konnte Raja nicht widersprechen. »Also, lass uns gehen.«

Raja zögerte noch einen Moment.

Dann setzte er sich widerwillig in Bewegung, folgte Biru unter dem Wasserfall hindurch und hinaus in den Wald, der sich unterhalb des Berges erstreckte.

Und obwohl der Mond hoch am Himmel stand und die Sterne funkelten, kam Raja die Nacht so schwarz und finster vor wie nie zuvor in seinem Leben.

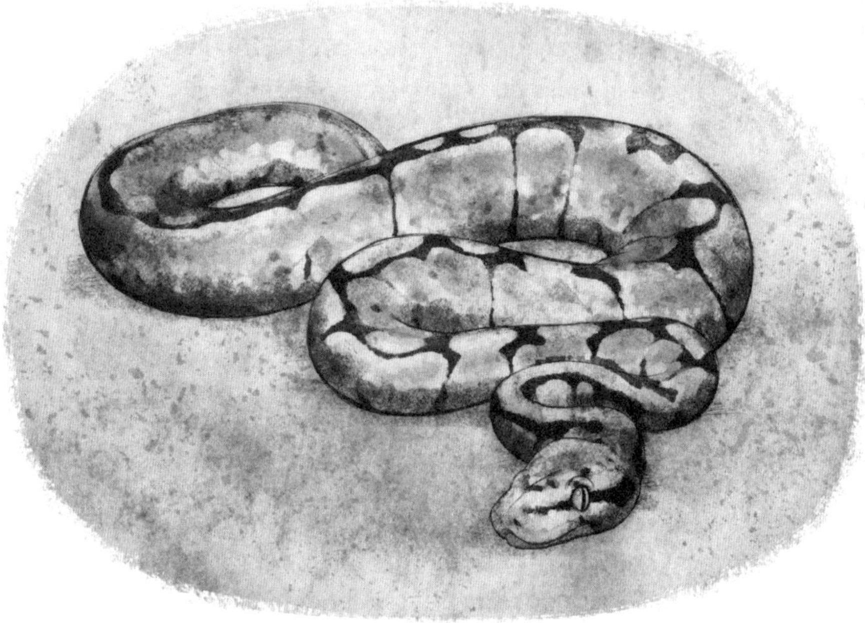

6

Unterwegs

Es war eine laue Nacht, aber Raja fröstelte dennoch. Vor Kälte und vor Einsamkeit – und vor Angst.

Das alles kam ihm wie ein Albtraum vor, und wie im Traum setzte er eine Pfote vor die andere, während er dem Pfad folgte, den seine Mutter beschrieben hatte: zunächst in Richtung der inzwischen untergegangenen Sonne und dann zum Großen Wasser, das Raja noch nie mit eigenen Augen gesehen hatte. Seine Mutter hatte ihm manchmal davon erzählt, und es war sein großer

Wunsch gewesen, irgendwann einmal die Berge zu verlassen und den Dschungel zu erkunden und das Meer, das dahinterlag. Nun, da es so weit war, wäre er am liebsten wieder umgekehrt.

Die großen Bäume mit ihren verschlungenen Wurzeln; die Würgefeigen an den Stämmen; die Blumen, die ihre Blüten über Nacht geschlossen hatten und im fahlen Mondlicht welk und tot aussahen; die Käfer, die über den Waldboden wimmelten, die Fledermäuse, die durch die Schwärze flatterten, und die Pilze, von denen einige Sorten im Dunkeln leuchteten: Schon am Tag war der Dschungel ein gefährlicher Platz, an dem hinter jedem Strauch und unter jedem Stein eine tödliche Bedrohung lauern konnte, selbst für einen jungen Tiger – in der Nacht jedoch war er für Raja ein Ort des Schreckens.

Obwohl seine Blicke das Dunkel durchdrangen und er noch dazu über seine Tigersinne verfügte, hatte er das Gefühl, blind und taub zu sein, so wie kurz nach seiner Geburt. Denn die Eindrücke, die auf ihn einstürzten, waren so zahlreich und fremdartig, dass er die meisten nicht einordnen konnte.

Was war das für ein schnatterndes Geräusch? Von wem stammte dieser schrille Schrei? Und woher rührte dieser entsetzliche Gestank, der den Wald durchdrang? Raja bemühte sich, das Wichtige vom Unwichtigen zu unterscheiden, aber auch das war kaum möglich. Mehr als je zuvor ging ihm auf, wie wenig er wusste und wie unerfahren er war. Wann immer er einen Jäger der Nacht fauchen hörte oder einen Affen in den Bäumen brüllen, verharrte er mit pochendem Herzen und fürchtete, dass sie entdeckt worden waren. Doch seine Mutter hatte offenbar alles getan, um die Verfolger abzulenken, denn Raja und Biru blieben unentdeckt.

Als der neue Tag endlich heraufdämmerte und die Morgensonne die Kronen der Tualang-Bäume in hellem Grün leuchten ließ, hatten die beiden Wanderer schon ein gutes Stück des Weges hinter sich gebracht. Das hieß, genau genommen hatte nur Raja die Strecke bewältigt, während der Gecko auf seinem Rücken gesessen und mit großen Augen Ausschau gehalten hatte – vor allem nach Fliegen, aber auch nach Moskitos, die er blitzschnell aus der Luft schnappte. Entsprechend war Biru satt und wohlgenährt, als der Morgen dämmerte, während Raja der Magen knurrte.

»Ich brauche eine Pause«, jammerte er. »Ich bin müde, und die Pfoten tun mir weh. Und ich habe Hunger!«

»Also gut«, erklärte der Berater sich einverstanden. »Legen wir eine Rast ein, damit du dich ein wenig ausruhen kannst.«

»Und was ist mit Fressen?«, fragte Raja.

»Das wirst du dir schon selbst besorgen müssen, fürchte ich.« Der Gecko sprang von seinem Rücken auf einen fauligen, von Moos überwucherten Stumpf.

Raja wollte gerade etwas Freches erwidern, als er innehielt und für einen Moment die Augen schloss. Er sog die noch kühle Morgenluft in seine Lungen und versuchte, die verschiedenen Gerüche zu sortieren. Gleichzeitig lauschte er – ganz in der Nähe bewegte sich etwas hastig durchs Unterholz, vermutlich ein Kantschil oder ein Hase. Die Tasthaare in Rajas Gesicht bebten. Wenn er schnell genug war ...

Er fuhr herum, schlich auf leisen Pfoten einige Schritte – und ohne lange nachzudenken, stürzte er sich ins Unterholz. Die schwarzen Augen des Kantschils blitzten auf, als er die Gefahr erkannte. Er wollte fliehen, aber es war zu spät. Raja versetzte ihm einen Prankenhieb, und ein Biss in den Nacken besiegelte das Schicksal des Nagers.

»Danke, Bruder Kantschil, für dein Fleisch«, murmelte Raja, wie seine Mutter es ihm beigebracht hatte.

Dann fraß er.

Schon öfter hatte seine Mutter ihn mitgenommen, damit er zwischen den Felsen nach Kleintieren jagte – nach Hasen und anderen Nagern und manchmal auch nach einem Schuppentier. Doch noch nie zuvor hatte Raja solche Genugtuung, ja, solchen Stolz empfunden wie in diesem Augenblick. Bislang hatte entweder seine Mutter für ihn gejagt, oder sie hatte die Beute für ihn ausgewählt und ihm gezeigt, was er zu tun hatte. Dies hier war seine erste eigene Beute. Er ganz allein hatte sie ausgemacht, hatte sich angeschlichen und sie erlegt.

Er war sehr zufrieden mit sich.

Nicht nur das Fleisch des Kantschils gab ihm Kraft, sondern auch das Gefühl, zum ersten Mal in seinem Leben wirklich für sich selbst gesorgt zu haben. Er beendete seine Mahlzeit und kehrte dann auf die kleine Lichtung zurück, wo Biru in der Sonne saß und wartete. Die orangefarbenen Flecken auf seinem Schuppenkleid leuchteten.

»Wie ich sehe, war die Jagd erfolgreich«, sagte der Gecko mit Blick auf das Blut, das sich Raja von der Schnauze leckte. »Ich gratuliere. « Er fügte ein Gecko-gecko hinzu, das zeigte, wie stolz er auf Raja war.

»Danke«, sagte Raja verlegen.

»Und das war erst der Anfang«, kündigte Biru an. »Von jetzt

an wirst du all deine Mahlzeiten mit eigenen Pfoten besorgen müssen. Es sei denn, du möchtest lieber mit mir Grillen und Heuschrecken jagen.«

»Nicht nötig«, versicherte Raja selbstbewusst, »ich komme schon zurecht. Jedenfalls, bis meine Mutter wieder da ist.«

»Raja.« Biru legte den Kopf schief und sah ihn an. »Ich dachte, wir hätten schon darüber gesprochen. Deine Mutter ... sie wird nicht mehr kommen. Eisenkralle ist ein erbarmungsloser Gegner. Wen er einmal in seinen Pranken hatte, den lässt er nicht wieder los. Du solltest damit aufhören, dir etwas vorzumachen, und dankbar sein, dass deine Mutter uns durch ihr Opfer die Flucht ermöglicht hat. Hätte sie nicht eine falsche Fährte gelegt ...«

»Ich will das nicht hören!«, fiel Raja ihm fauchend ins Wort. »Meine Mutter ist am Leben und wird nachkommen, sobald sie kann, ob es dir passt oder nicht!«

Er ließ Biru stehen und schlüpfte durch das Unterholz davon.

»Warte!«, rief der Berater ihm hinterher. »So warte doch, geckogecko ...!«

Aber Raja hörte nicht. Unbeirrt ging er weiter, huschte möglichst geräuschlos durch das Gewirr der Wurzeln und Farne. Er wollte nicht hören, was der Berater zu sagen hatte. Alles in ihm sträubte sich dagegen, und er war wütend. Wütend auf Biru, weil der immer alles besser wusste, und noch wütender auf Eisenkralle, der ihm alles genommen hatte, was ihm etwas bedeutete. Und Raja ertappte sich dabei, dass er auch auf seine Mutter wütend war.

Warum hatte sie ihn allein gelassen? Warum war sie nicht einfach bei ihm geblieben, so wie sie es früher stets getan hatte? Warum nur musste sich alles ändern?

In solche Gedanken versunken, geriet Raja tiefer und tiefer in den Dschungel. Je dichter der Wald wurde, desto weniger Licht drang zum Boden. Dämmerlicht herrschte zwischen den von Moos und Würgefeigen überwucherten Stämmen, und der Boden war so von Wurzeln und Schlinggewächsen überzogen, dass es kaum noch ein Durchkommen gab. Fast befürchtete Raja, darin stecken zu bleiben, als er endlich auf eine Lichtung mit einem Wasserloch stieß. Das Wasser schien frisch zu sein. Raja trank einige Schlucke und stillte seinen Durst.

Erst dann fiel ihm auf, wie still es war.

Die Geräusche des Waldes waren verstummt, die Zeit schien hier stillzustehen.

»Biru?«, fragte Raja.

Seine Stimme klang seltsam dumpf.

Eine Antwort bekam er nicht, genau wie am Tag zuvor, als sie das Anschleichen geübt hatten.

Mit dem Unterschied, dass das hier keine Übung war.

»Hast du dich verlaufen?«

Die Stimme war von oben gekommen.

Erschrocken sah Raja hinauf – und blickte in die gelben Augen einer Netzpython, die unmittelbar über ihm aus dem Gewirr der Blätter starrte.

»Mann«, knurrte Raja und fuhr zurück. »Hast du mich erschreckt!«

»Keine Sorge«, zischelte die Schlange und kam lautlos herab. Ihr Körper war braungelb und mit einem Rautenmuster gezeichnet, und er schien gar nicht mehr enden zu wollen. »Ich bin eine Freundin. Du musst wissen, ich habe kleine Tiger wirklich sehr gern.«

»Darauf möchte ich wetten«, knurrte Raja. »Zum Fressen gern wahrscheinlich.«

»Sind wir schlecht gelaunt?« Die Schlange sah ihn beleidigt an. »Ich wollte nur helfen.«

»Entschuldige.«

»Ist schon gut. Allerdings frage ich mich, was ein junger Tiger so ganz allein im Wald zu suchen hat – ohne seine Mutter. Hast du womöglich schon ein eigenes Revier?« Die Pythonschlange zischelte, während sie sich vollständig herabließ und über den von Laub bedeckten Boden glitt.

»Nein, noch nicht«, antwortete Raja wahrheitsgemäß. »Ich bin auf der Durchreise. Ich möchte zum Großen Wasser.«

»Soso, zum Großen Wasser will der kleine Tiger also«, zischelte die Schlange.

Ihre herablassende Art fing an, Raja auf die Nerven zu gehen. Er hatte das Gefühl, dass er sich dringend etwas Respekt verschaffen musste. »Allerdings«, bestätigte er deshalb. »Ich muss dorthin, weil ich ein großer Jäger werden will!«

»Ich verstehe.« Die Schlange hatte ihr Haupt vom Boden erhoben und sah ihn an. »Du bist wohl etwas ganz Besonderes? Was für ein schönes weißes Fell du hast ...«

Raja drehte sich um seine Achse, um den Schlangenkopf im Auge zu behalten, der ihn langsam umrundete.

»Findest du?«, fragte er.

»Unbedingt. Manche Tiere behaupten, dass mit weißem Fell geborene Tiger über besondere Kräfte verfügen, wusstest du das? Und es gibt sogar welche, die sagen, dass die Kräfte eines weißen Tigers auf denjenigen übergehen, der ihn frisst.«

»Ta-tatsächlich?« Raja war schon ganz schwindelig vom vielen Drehen. »Wa-was du nicht sagst. Und wer erzählt so einen Blödsinn?«

»Ach, Schlangen tratschen allerhand, wenn die Nächte lang sind«, erwiderte sie, und ihr schmaler Kopf kam langsam näher. »Wenn du wüsstest, mein junger Freund.«

Raja bemerkte zu spät, dass ihre Worte nur einem Zweck gedient hatten: ihn abzulenken. Die Python hatte ihren endlos langen Körper währenddessen wie eine Schlinge um ihn gelegt – und zog sie jetzt erbarmungslos zu.

»He!«, rief Raja und wollte mit einem Satz aus der Schlinge springen, doch im selben Moment warf sich die Schlange auf ihn und riss ihn mit ihrem Gewicht zu Boden. Der schmale Kopf tauchte über ihm auf, jetzt nicht mehr freundlich zischelnd wie zuvor, sondern mit entblößtem Gebiss.

»Lass los!«, rief Raja, der vergeblich versuchte, sich von den Schlingen zu befreien, die sich um seinen Körper wanden. »Du sollst mich loslassen, hörst du nicht?«

»Gewiss«, versicherte die Schlange in ihrer herablassenden Art. »Gleich werde ich dich wieder loslassen, keine Sorge – aber dann wirst du tot sein!« Ihr Kopf zuckte.

Raja wusste genau, was sie plante, zumindest das hatte er gelernt. Pythonen trugen zwar kein Gift in sich, doch sie pflegten ihre Opfer in den Kopf zu beißen und sie so kampfunfähig zu machen, damit sie sie dann in aller Ruhe zerquetschen konnten – doch Raja hatte nicht vor, so einfach aufzugeben.

Er bekam seine rechte Pranke frei, gerade in dem Moment, als der Kopf der Schlange heranzuckte, und schlug zu. Er erwischte sie nicht richtig, aber die Schlange zischte wütend und zuckte zurück. Raja packte ihren Hals und drückte ihn von sich weg, um die grässlichen Hauer von sich fernzuhalten. Aber gleichzeitig zogen sich die Windungen ihres Körpers immer enger. Raja spürte, wie sie die Luft aus seinen Lungen presste, sodass er immer schwächer wurde. Sollte es das gewesen sein?, dachte er panisch. Würde seine Reise hier schon enden?

»Halt!«, rief plötzlich jemand.

Aus dem Augenwinkel sah Raja ein türkisblaues Etwas über eine abgestorbene Wurzel huschen.

»Halt!«, rief es noch einmal. »Hör auf damit, oder du wirst es bereuen, gecko-gecko!«

Raja schöpfte Hoffnung.

Biru!

»Was denn?«, fragte die Schlange genervt, ohne ihren Druck auf Raja zu verringern. »Willst du mir etwa drohen, du Zwerg?«

»Ich nicht, Teuerste«, versicherte der königliche Berater übertrieben höflich. »Aber Ihr solltet wissen, wen Ihr da im Begriff seid zu erwürgen: Dies ist Raja, Sohn von Eisfell und rechtmäßiger Erbe des Throns von Astana!«

»Natürlich«, zischelte die Python, »und ich bin ein Regenwurm.«

»Ich meine es ernst, gecko-gecko! Wie viele Tiger, glaubst du, haben ein Fell, das so weiß ist wie Schnee?«

»Einige«, war die Schlange überzeugt und drückte noch fester zu. Raja spürte seine Sinne schwinden.

»Und sein Ohr? Jedes Tier im Dschungel kennt die Geschichte von Eisenkralles Klaue, die den Jungen nur um Haaresbreite verfehlt und sein Ohr gespalten hat!«

Der Druck verminderte sich etwas, sodass Raja wenigstens wieder Luft bekam. Die Schlange beäugte ihn kritisch.

»Das darf doch nicht wahr sein«, zischte sie schließlich wenig begeistert.

»Seid Ihr nun überzeugt?«

Die Schlange zögerte noch einen Moment. Es war ihr anzusehen, dass sie lieber zugebissen hätte, um ihrem sicher geglaubten Opfer den Rest zu geben. Aber sie überlegte es sich anders. »Also schön«, seufzte sie lustlos. »Zieh deines Wegs, kleiner Prinz – und hüte dich, jemals wieder in mein Revier zurückzukehren. Hast du verstanden?«

»Da-danke«, stammelte Raja, während er wankend wieder auf die Beine kam und sich schleunigst aus den Körperschlingen der Schlange befreite. Er wollte nur noch weg, und das möglichst rasch. Er hielt nur kurz inne, um Biru auf seinen Rücken klettern zu lassen, dann taumelte er atemlos von der Lichtung und zurück ins schützende Unterholz.

»Komm bloß nicht auf den Gedanken, dich bei mir zu bedanken«, schnaubte der Gecko nach einer Weile. »Es war mir ein reines Vergnügen, dir unter Einsatz meines Lebens aus der Patsche zu helfen!«

»Danke«, maunzte Raja kleinlaut. »Diese Schlange«, presste er dann noch immer atemlos hervor, »sie wusste, wer ich bin.«

»Natürlich. Jedes Tier im Dschungel kennt die Geschichte deiner Herkunft.«

»Aber – warum hat meine Mutter mir das nie gesagt?«

»Weil sie nicht wollte, dass es dich belastet«, erklärte Biru schlicht.

»Wie soll mich so etwas belasten?«, fragte Raja und verharrte für einen Moment. »Ich meine, ich bin eine Berühmtheit! Ist das nicht großartig?«

»Und ob«, stimmte der Gecko säuerlich zu. »Und ein dem Wahnsinn verfallener Tiger mit einer eisernen Klaue ist hinter dieser Berühmtheit her, um sie zu töten. Wirklich ganz großartig.«

7

Luku und Makan

Sie sprachen nur wenig.

Auf Birus Anweisung hin schlug Raja den Weg nach Norden ein, und obwohl das Gelände unwegsam war und der Dschungel dicht, kamen sie gut voran. Da das Blätterdach der Bäume sie zuverlässig schützte, brauchten sie keine Angst zu haben, von Eisenkralles Spionen aus der Luft entdeckt zu werden. Auch ansonsten blieb alles ruhig. Wenn die beiden Wanderer durstig waren, dann suchten sie sich einen Wasserlauf und tranken, und wenn sie hungrig waren, dann erjagten sie sich etwas. Um Schlangen allerdings machte Raja einen großen Bogen – eine Begegnung am Tag genügte ihm. Die Nacht verbrachten sie in den Ästen eines Baumes, auf den sie kletterten – Biru allerdings sehr viel geschickter und leichtfüßiger als Raja.

Der nächste Tag begann mit einer Enttäuschung.

Ein wenig hatte Raja gehofft, dass seine Mutter ihrer Spur gefolgt und sie inzwischen vielleicht eingeholt haben könnte. Doch statt ihrer weckte ihn ein mürrischer Gecko, der schlechte Morgenlaune hatte und sich mit der langen Zunge die halbrunden Augen wischte. Nach dem Frühstück brachen sie auf. Durch einen Wald von Palmen ging es in eine von Wurzelwerk durchzogene Schlucht, an deren Ausgang auf einmal ein eigentümlicher Geruch in Rajas empfindliche Nase stach.

Abrupt blieb er stehen.

»Was ist?«, fragte Biru.

»Riechst du das auch?« Raja schnüffelte noch einmal. Er bemühte auch seine Tigersinne, konnte jedoch keine Bewegung wahrnehmen.

»Ja«, versicherte der Gecko, der ebenfalls über eine feine Spürnase verfügte. Doch offenbar konnte er nichts Verdächtiges feststellen. »Und?«

»Irgendetwas stimmt hier nicht«, stellte Raja beklommen fest. »Es riecht nach Tod.«

»Ja, gecko-gecko«, stimmte Biru zu. »Das ist eine ...«

Raja ließ ihn nicht ausreden. Er war bereits dabei, der Fährte des beißenden Gestanks zu folgen, die ihn unter moosüberwucherten Wurzelbögen hindurch auf eine Lichtung führte. Ein großer

Banyan-Baum stand dort, zu dessen Fuß sich etwas befand, das Raja noch nie zuvor gesehen hatte: Es war von leuchtend roter Farbe und sah aus wie eine Blumenblüte – und war fast so groß wie er.

Und es stank zum Davonlaufen!

»Also, da hast du ja was Tolles gefunden!«, moserte Biru, der hinter ihm auf die Lichtung kam. »Eine Stinkblume!«

»Stinkblume?«, fragte Raja verwirrt.

Er kannte Blumen, auch oben bei den Weißen Zähnen hatte es welche gegeben. Aber die waren sehr viel kleiner gewesen und hatten nicht annähernd so grässlich gerochen wie diese da.

Vorsichtig näherte er sich der Blüte, deren riesige rote Blätter mit weißen Tupfen übersät waren. In der Mitte klaffte eine runde Öffnung, die der Ursprung des üblen Gestanks zu sein schien. Vorsichtig beugte sich Raja darüber und blickte hinein – nur um zu sehen, das sich Dutzende, wenn nicht Hunderte von Fliegen darin tummelten.

»Die Blume heißt so, weil sie den Geruch von verwesendem Fleisch verströmt«, erklärte Biru. »So lockt sie Aasfliegen an, die sie bestäuben und dafür sorgen, dass sie sich fortpflanzen kann.«

»Bäh«, machte Raja. »Warum ausgerechnet Aasfliegen?«

»Weil der Große Drache es in seiner Weisheit so beschlossen hat«, sagte der Berater säuerlich. »Es können schließlich nicht alle Tiere in diesem Dschungel weiße Tiger sein, nicht wahr? Aber du hast Glück, die Stinkblume blüht nämlich nur selten. Wir beide sind also Zeugen eines ganz besonderen Augenblicks der ...«

»Schön für euch«, krächzte es aus der Baumkrone. »Und geht das vielleicht auch ein bisschen leiser? Es gibt Leute, die versuchen hier zu schlafen!«

Raja, der befürchtete, schon wieder in ein Schlangennest geraten zu sein, machte einen Satz zurück. Allerdings roch hier nichts nach Schlange, und seine Gesichtshaare nahmen auch keine Schwingungen wahr, die auf etwas Langes und Geschupptes hätten schließen lassen. Prompt war es auch keine Schlange, die zwischen den grünen Blättern des Baumes erschien, sondern das sonderbarste Tier, das Raja je gesehen hatte.

Es war nur etwa drei Pfoten hoch, hatte braunes Fell und kurze dünne Glieder, jedoch einen langen Schwanz, der vom Baum herabhing. Sein kugelrunder Kopf schien, von den kleinen Ohren mal abgesehen, eigentlich nur aus Augen zu bestehen, so groß waren die beiden Gucker, die Raja verärgert ansahen. »Könntet ihr eure Unterhaltung freundlicherweise woanders führen?«, plärrte es.

»Du bist ein Maki«, entfuhr es Raja. Er erinnerte sich, von den geheimnisvollen Äffchen mit den großen Augen gehört zu haben. Doch er hatte noch nie eines getroffen.

»Sehr scharfsinnig von dir«, meckerte der Maki, der sich oben auf seinem Baum ziemlich sicher zu fühlen schien. »Und ihr beide?«, fügte er mit einem Seitenblick auf Biru hinzu. »Seid ihr Gelehrte oder so was, dass ihr den Tieren lauter Namen geben müsst?«

»Äh – nein«, gestand Raja verwirrt, der sich von der direkten Art des Äffchens ein bisschen überrumpelt fühlte. »Eigentlich sind wir ...«

»... auf der Durchreise«, ergänzte Biru schnell, ehe Raja etwas anderes sagen konnte. »Mein Name ist Biru, und ich bin in der Tat ein Gelehrter, der seinen Schüler in die Geheimnisse des Dschungels einzuweihen sucht.«

Die Augen des Makis wurden groß.

Größer.

Und noch ein bisschen größer, während er Biru zweifelnd anstarrte. »Du bist ein Gecko«, sagte er dann.

»Das weiß ich«, versicherte der.

»Ein Gecko, der einen Tiger in die Geheimnisse des Dschungels einweiht«, fasste der Maki zusammen. »Entweder ich schlafe noch und träume das alles bloß – oder ihr beide seid völlig plemplem.«

»Was?«, fragte Raja.

»Meschugge«, drückte der Maki es anders aus. »Bekloppt. Na ja, weich in der Birne eben.« Er kicherte.

»Ey, pass auf, was du sagst«, warnte Raja ihn und sprang ein Stück an dem Baum hoch, um dem Maki zu drohen. »Wenn du dich über mich lustig machst, dann ...«

»Makan?«, rief der kleine Kerl in diesem Augenblick. »Kannst du mal kommen?«

Plötzlich regte sich noch etwas in der Baumkrone – etwas, das sehr viel größer sein musste als der Maki, denn die dicken Äste wackelten bedenklich. Und Rajas Tigersinne nahmen etwas wahr, das schnaubend erwachte und sich mit langen Klauen einen Weg durch das dichte Blätterdach bahnte.

Eine spitze bleiche Schnauze erschien, gefolgt von einem dicken Schädel, der so groß war wie Rajas. Kleine Augen blickten müde daraus hervor, über denen sich Wülste aus schwarzem Fell sammelten, so als würde das Tier die breite Stirn runzeln.

Auch dieses Tier kannte Raja. Es war ein Malaienbär. Erst vor Kurzem hatten seine Mutter und er einen dieser wuchtigen Zeitgenossen verspeist – aber das behielt Raja lieber für sich ...

»Was'n los?«, wollte der Bär verschlafen wissen. »Is' schon Essenszeit, Luku?«

»Nein«, gab der Maki zurück, der offenbar auf den Namen ›Luku‹ hörte. »Aber diese beiden Gestalten hier sind ziemlich schräge Vögel und fangen an, mir auf die Nerven zu gehen.«

»Oje, das is' nicht gut«, meinte Makan kopfschüttelnd. Von den beiden Besuchern nahm er kaum Notiz.

»Was ist nicht gut?«

»Jetzt bin ich wach«, erklärte der Bär. »Und wenn ich wach bin, hab ich Hunger.«

»Wie kannst du schon wieder hungrig sein?«, maulte das Äffchen und begann aufzuzählen, was Makan alles zum Frühstück verdrückt hatte: »Zwei Kakerlaken, einen Tausendfüßer, zwei Mäuse, eine Echse ...!«

»Gecko-gecko«, entfuhr es Biru aufgeregt.

»Entschuldigung«, sagte Luku.

»Wenn ich wach bin, hab ich Hunger«, beharrte Makan.

»Dann schlaf doch wieder ein«, schlug Raja vor.

»Wie denn, wenn ich solchen Hunger hab?«, brummte der Bär.

»Verzeiht, ehrenwerte Herren, es lag nicht in unserer Absicht, Euren Schlaf zu stören«, versicherte Biru höflich. »Wir werden

Eure Lichtung sogleich wieder verlassen. Vielleicht hättet Ihr noch die Freundlichkeit, uns den Weg zum Meer zu weisen?«

»Wie hat der uns gerade genannt?« Luku sah Makan fragend an.

»Ehrenwerte Herren«, erwiderte der Bär.

Einen Augenblick lang konnten sich die beiden noch beherrschen – dann prusteten sie los. Der Maki laut und kreischend nach Affenart, der Bär mit tiefem Brummen.

»Hat man denn so was schon gehört?«, tönte Luku. »Das Schuppenhirn hält uns für ehrenwerte Herren! Und der Gestreifte ist sein Schüler! Die haben wohl beide zu lange an den Pilzen geschnuppert, da kommt so was schon mal vor ...«

»Hört auf zu lachen!«, befahl Raja. »Das ist respektlos und unverschämt!«

»Was du nicht sagst, Streifi! Wer hat denn hier wen geweckt und um den verdienten Schlaf gebracht?«

»Das war keine Absicht«, beteuerte Raja trotz seiner Empörung. »Und es ist noch lange kein Grund, sich über uns lustig zu machen nach allem, was wir durchgemacht haben! Ihr habt ja keine Ahnung, wen ihr vor euch habt!«

»Nein, wirklich nicht«, feixte Luku. »Wer seid ihr beiden Komiker denn?«

»Raja!«, mahnte Biru – aber der war nicht mehr aufzuhalten.

»Ich bin Raja, Sohn von König Eisfell und rechtmäßiger Erbe des Throns von Astana!«, verkündete Raja mit hocherhobenem Haupt. Er benutzte absichtlich dieselben Worte wie Biru tags zuvor. Sie klangen so eindrucksvoll.

Dachte er jedenfalls.

Luku und Makan jedoch lachten nur noch mehr.

»Hast du das gehört?«, fragte der Maki und gebärdete sich auf seinem Ast wie von Sinnen. »Das wird ja immer besser!«

»Du glaubst mir wohl nicht?«, fragte Raja. »Sieh mich doch an, ich habe ein weißes Fell, genau wie mein Vater. Und mein Ohr ist von Eisenkralles Klaue verstümmelt«, fügte er hinzu und drehte den Kopf so, dass man das gespaltene Ohr sehen konnte.

Der Maki hörte jäh zu lachen auf. Seine Augen wurden erneut groß und größer. Sein Interesse schien geweckt.

»Klasse, wirklich toll gemacht«, knurrte Biru und strafte Raja mit einem düsteren Blick.

»Da fällt dir wohl nichts mehr ein, was?«, fragte Raja voller Genugtuung.

»Du willst Eisfells verschollener Sohn sein?«, fragte Luku.

»Genau der«, verkündete Raja stolz. »Und eines Tages werde ich mir den Thron meines Vaters zurückholen!«

Der Maki und sein bäriger Freund brachen erneut in prustendes Gelächter aus.

»Was denn?«, fragte Raja. »Glaubt ihr mir noch immer nicht?«

»Doch«, versicherte Luku, nachdem er sich wieder ein wenig beruhigt hatte. »Wir glauben dir, dass du Prinz Raja bist – gerade das ist ja so komisch! Vorhin hatte ich gedacht, dass du und dein schuppiger Freund nur ein bisschen durchgedreht seid. Aber jetzt ist mir klar, dass es viel schlimmer ist – ihr beide seid völlig verrückt und dazu noch dämlich! So dumm wie die Nacht dunkel!«

»Wie bitte?«, fragte Raja entrüstet.

»Jeder kennt die Geschichte von Eisfells verlorenem Sohn, und Eisenkralle kennt sie auch. Und wenn er erst erfährt, dass der kleine Prinz allein im Wald unterwegs ist, mit nichts als einer windigen Echse im Gefolge, dann heißt es gute Nacht, Raja!« Um zu zeigen, was er meinte, formte er die kleinen Finger seiner Pfote zu etwas, das wie Eisenkralles Klaue aussehen sollte, und fuhr sich damit quer über die Kehle.

»Gute Nacht«, bestätigte Makan brummend. Trotz seines Hungers wurde er wieder vom Schlaf übermannt.

»Mach dich nicht unglücklich, kleiner Tiger, und geh schnell dahin zurück, wo du hergekommen bist«, riet Luku, der plötzlich ganz und gar nicht mehr heiter wirkte. »Weißt du überhaupt, was im Dschungel los ist? Seit Eisenkralle den Thron bestiegen hat, verbreitet er Angst und Schrecken! Alle Tiere zittern vor ihm. Selbst die Tiger der umliegenden Reviere haben sich ihm unterworfen, und es gibt Arten, die ihm freiwillig Opfertiere schicken, damit er sie nicht jagt – denn Eisenkralle tötet nicht nur, um zu fressen, sondern aus purem Vergnügen. Die Gesetze des Dschungels sind vollkommen auf den Kopf gestellt, die Ordnung des Großen Drachen außer Kraft gesetzt! Oder warum, glaubst du, leben ein Maki und ein Bär gemeinsam auf einem Baum? Das klingt doch wie der Anfang von einem schlechten Witz: Sitzen ein Maki und ein Bär auf einem Baum ...«

»Und wie geht der Witz weiter?«, murmelte Makan im Halbschlaf.

»Woher soll ich das wissen? Das war doch nur ein Beispiel!«

»Ach so«, kam es schnarchend zurück.

Raja schnaubte verächtlich – und ausgerechnet diese beiden hielten ihn und Biru für dämlich.

Der Gecko schien ähnlich zu denken, denn er wandte sich zum Gehen.

»Also gut, Raja«, meinte er. »Überlassen wir die beiden Herren ihrem Schicksal und setzen wir unsere Reise fort.«

»Einverstanden«, stimmte Raja zu und folgte ihm.

»Hey«, rief Makan ihnen verschlafen hinterher. »In dieser Richtung geht's aber ...«

»... geradewegs zum Meer«, vollendete Luku den Satz. »Geht nur immer weiter«, fügte er hinzu.

Sein Kichern hörten die beiden nicht mehr.

8

Allein

Raja war nachdenklich geworden.

Zuerst war er nur wütend gewesen, verärgert über das, was Luku zu ihm gesagt hatte. Woher, beim Großen Drachen, nahm ein Koboldmaki die Unverschämtheit, so mit einem Tiger zu sprechen? Standen Tiger nicht in der Ordnung des Dschungels ganz oben? Und verdienten sie es nicht, dass man ihnen Respekt entgegenbrachte?

Doch je länger der Marsch durch den Dschungel dauerte, desto mehr verpuffte Rajas Wut, und Zweifel begannen an ihm zu nagen. Die Wahrheit, hatte seine Mutter immer behauptet, war eine starke Waffe. War Luku deswegen so vorlaut gewesen, weil er die Wahrheit gesagt hatte?

Es stimmte ja, ein Tiger und ein Gecko waren in der Tat ein ziemlich seltsames Paar. Und es stimmte auch, dass sie gegen Eisenkralle keine Chance hatten. Im Gegenteil, sie waren ja auf der Flucht vor ihm und mussten froh sein, wenn sie das Meer erreichten, ohne vorher aufgeschlitzt zu werden.

Vielleicht, dachte Raja, hatte er das Maul doch ein bisschen zu voll genommen, was seine Herkunft und seine Bestimmung betraf.

»Biru?«, fragte er den Gecko, der wie so oft auf seinem Rücken hockte.

»Ja?«

»Ist es wahr, was der Maki erzählt hat? Ist Eisenkralle wirklich so mächtig und schrecklich, dass sich ausnahmslos alle Tiere im Dschungel vor ihm fürchten? Schicken sie wirklich freiwillig Beute in den Palast, damit er nicht unter ihnen jagt?«

»Ich bin lange nicht in Astana gewesen«, erwiderte Biru leise. »Aber nach allem, was man hört, könnte es durchaus zutreffen. Eisenkralle ist maßlos – in seiner Rachsucht wie in seiner Gier. Er hat die Gesetze des Großen Drachen längst vergessen und lebt nur noch für sich selbst.«

»Ich verstehe.« Raja nickte. »Aber wie ist er so böse geworden? Ich meine, er stammt aus königlichem Geschlecht!«

»Und?«, fragte der Gecko. »Wenn es so einfach wäre, und jeder, der vornehmer Herkunft ist, ein gutes Herz hätte, dann wäre der Welt viel erspart geblieben, das kannst du mir glauben.«

»Da ist noch etwas, das ich nicht verstehe – mein Vater war Eisenkralles Bruder, richtig? Also ist er mein Onkel ...«

»Nein, gecko-gecko«, widersprach Biru entschieden. »Aber das ist eine andere Geschichte.«

»Erzählst du sie mir??«

»Irgendwann vielleicht, aber im Augenblick haben wir andere Sorgen, fürchte ich ...«

Raja war stehen geblieben – und musste seinem Berater leider recht geben.

Der Wald hatte sich verändert. Nicht nur die Form der Bäume, die gedrungener waren und ausladende Wurzeln hatten, sondern auch der Boden. Noch immer war er von Moosen und verfaulendem Laub übersät, aber er war nicht mehr fest, sondern weich und morastig. Die feuchtwarme Luft war von Fäulnisgeruch durchsetzt, und das Quaken von Fröschen und das Gackern von Waranen war zu hören. Mal ganz abgesehen davon, dass Raja davon Hunger bekam, gefiel ihm diese Veränderung ganz und gar nicht.

»Befindet sich auf dem Weg zum Meer ein Sumpfgebiet?«, erkundigte er sich vorsichtig.

»Nein«, erwiderte Biru offen, »nicht, dass ich wüsste. Wir haben uns wohl im Weg geirrt.«

»Nein, dieser dämliche Malaienbär hat uns den falschen Weg gezeigt«, ereiferte sich Raja. »Dachte ich mir's doch, dass dem Kerl nicht zu trauen ist. Ebenso wenig wie seinem vorlauten kleinen Freund. Ich hätte die beiden auffressen sollen.«

»Raja«, ermahnte ihn Biru.

»Ich weiß«, versicherte Raja zähneknirschend und versuchte, sich an das zu erinnern, was seine Mutter ihm beigebracht hatte.

Tiger töten niemals aus Willkür.

Und niemals im Zorn ...

Es half nur nichts – Raja war trotzdem wütend. »Wenn ich die beiden erwische, dann kriegen sie, was sie verdienen«, knurrte er.

»Und du?«, fragte Biru spitz. »Was kriegst du?«

»Was meinst du damit?«

»Deine Tigersinne hätten dich auch warnen können, hast du daran schon mal gedacht? Wärst du mit deinen Gedanken nicht immerzu bei anderen Dingen und würdest dich auf das konzentrieren, was du gerade tust, dann würde so etwas wie das hier nicht passieren.«

»Kommt jetzt wieder die alte Leier vom Gesicht des Jägers?«, fragte Raja genervt.

»Warum auch nicht? Hättest du deine Lektionen besser gelernt, würden wir nicht von einer Misere in die nächste stolpern. Daran bist nur du schuld, gecko-gecko!«

»Und du vielleicht nicht? Wer wollte denn unbedingt, dass wir die Höhle am Wasserfall verlassen? Du oder ich? Wir waren dort in Sicherheit, aber du wolltest unbedingt aufbrechen!«

»Und wieso?«, schnappte Biru. »Hast du den Grund dafür etwa schon vergessen? Weil Eisenkralle dir nach dem Leben trachtet und ich dir helfen wollte!«

»Ja«, bestätigte Raja gedehnt. »Und wie du mir geholfen hast! Statt mir den Weg zum Meer zu zeigen, wie meine Mutter es dir aufgetragen hat, hast du mich in einen stinkenden Sumpf geführt! Wenn überhaupt jemand an allem schuld ist, dann bist du das!«

»Das muss ich mir nicht länger anhören! Ich stamme aus einem vornehmen Echsengeschlecht und war Berater am Hofe des Königs! Noch ein Wort von dir, du verzogener Bengel, und ich mache auf der Stelle kehrt und geck-geck-gehe!«

»Dann geh doch!«, herrschte Raja ihn in seiner Wut an. »Ich brauche niemanden, der mir die ganze Zeit vorschreibt, was ich zu tun und zu lassen habe! Ich bin ein Tiger, ich kann selbst auf mich aufpassen!«

»Ach ja?«, schnaubte die Echse.

»Allerdings!«, schnappte Raja.

Sie standen einander gegenüber: Raja in der Hocke, mit angelegten Ohren und ausgestrecktem Schwanz, der Gecko mit steil aufgerichtetem Oberkörper und weit aufgerissenem Maul. Dabei zischte er feindselig, während Raja ein tiefes Tigergrollen ausstieß.

Dann, ganz plötzlich, wandte Biru sich ab, und schon war seine schlanke blaue Gestalt im Unterholz verschwunden.

»Ja, geh nur!«, rief Raja ihm hinterher. »Ich komme auch ohne dich zurecht! Wahrscheinlich sogar besser!«

Der Berater antwortete nicht mehr, der Dschungel hatte ihn bereits verschluckt.

Und schon im nächsten Moment überfiel Raja die Einsamkeit.

Wie ein Fels stürzte sie auf ihn herab und erdrückte ihn fast. Raja hatte beinahe sein ganzes bisheriges Leben in Abgeschiedenheit verbracht, aber er war nie wirklich allein gewesen. Immer war seine Mutter da gewesen oder Biru, häufig sogar beide. Doch in diesem Augenblick spürte er zum ersten Mal, was es bedeutete, allein und auf sich gestellt zu sein.

Zwar war er von Geräuschen umgeben, von Farben und der Vielfalt des Dschungels, aber alles war fremd und neu für ihn. Da waren keine vertrauten Gerüche, keine gewohnten Stimmen, noch nicht einmal Blumen, die er gekannt hätte. Düster und feindselig lag der Dschungel vor ihm, der hier mehr und mehr zum Sumpf zu werden schien; wie ein riesiges grünes Untier starrte er ihm entgegen.

Sollte er wirklich weitergehen? Oder lieber umkehren und sich einen anderen Weg suchen?

Irgendwo in Rajas Hinterkopf meldete sich eine Stimme zu Wort, die leise fragte, ob es eine gute Idee gewesen war, sich im Streit von Biru zu trennen. Aber noch überwog sein Zorn, also nahm er all seinen Mut zusammen und ging weiter.

Was war schon dabei?, sagte er sich.

Dies war ein Dschungel, und er war ein Tiger, und beides passte perfekt zusammen ...

Daran, dass er im Gebirge aufgewachsen war, dass er vieles nicht wusste und das Gesicht des Jägers noch nicht gefunden hatte, wollte er lieber nicht denken.

Er war erst wenige Schritte gegangen, als der Boden auf einmal noch weicher wurde. Obwohl Raja sich bemühte, sein Gewicht gleichmäßig zu verteilen, sanken seine Pfoten immer tiefer ein. Trotzdem setzte er seinen Weg fort. Umzukehren hätte bedeutet, klein beizugeben, und das wollte er auf keinen Fall. Er hatte schließlich einen eigenen Willen, und er wollte beweisen, dass er auch ohne den Quälgeist von Gecko zurechtkam.

Und sich selbst wollte er auch etwas beweisen. Er, Raja, war mehr als ein verzogener kleiner Prinz.

Ein Rascheln zu seiner Rechten ließ ihn herumfahren. Irgendetwas kroch dort durchs Unterholz, vermutlich eine Schlange. Raja vergewisserte sich, dass es keine Python war – zumindest dieser Geruch steckte ihm noch deutlich in der Nase. Und er hatte nicht die geringste Lust, sich noch einmal einwickeln zu lassen.

Ein Flattern zu seiner Linken ließ ihn abermals aufschrecken. Dazu ein schriller Schrei, ohne dass er gewusst hätte, wer oder was ihn verursacht hatte. Obwohl er sehen konnte und sein Tigerblick das Halbdunkel mühelos durchdrang, kam es ihm fast vor, als würde er mit geschlossenen Augen durch den Dschungel wandeln. Vieles blieb ihm verborgen, und er hätte alles dafür gegeben, das Gesicht des Jägers zu besitzen. Auch wenn er das niemals zugegeben hätte.

Zögerlich schlich Raja weiter.

Als er in die erste Pfütze trat, dachte er sich noch nichts dabei. Aber je weiter er vordrang, desto größer und tiefer wurden die Wasserlöcher, und da überall Laub lag, waren sie nicht vom festen Boden zu unterscheiden. Dennoch, die Wut trieb ihn voran – den Gedanken daran, was geschehen würde, wenn es dunkel wurde und er noch immer in diesem Sumpf feststeckte, schob er lieber beiseite.

Die Bäume wurden immer knorriger.

Wie große, von Moos überwucherte Skelette umringten sie ihn. Herabhängende Flechten und Lianen erschwerten das Durchkommen. Plötzlich wieder ein Geräusch, diesmal in den Baumkronen über ihm. Raja schaute instinktiv nach oben und sah daher nicht, wohin er trat.

Kopfüber stürzte er in ein Sumpfloch.

9

Die lange Nacht

Mit einem erschrockenen Fauchen begann Raja zu paddeln. Tiger sind gute Schwimmer, und zumindest Schwimmen hatte Raja in dem kleinen See oben im Gebirge gelernt. Mit den Vorderläufen schlagend, gelang es ihm, den Kopf über Wasser zu halten – aber es kostete entsetzlich viel Kraft. Die dunkle, zähflüssige Brühe, in die er gefallen war, war kein Vergleich zu dem klaren Wasser, das er aus dem Bergsee kannte. Raja hatte das Gefühl, dass ihn das Sumpfloch in die Tiefe zog, ganz langsam, doch unaufhaltsam ...

In einem Anflug von Panik bäumte er sich auf und warf die Pfoten nach vorn – aber sie erreichten den Rand des Sumpflochs nicht und griffen ins Leere. Und da seine Hinterbeine keinen Halt hatten, sank Raja noch ein Stück tiefer ein. Schon reichte ihm der kalte Schlamm bis zum Hals.

Raja jaulte gequält, während er sich verzweifelt nach etwas umblickte, woran er sich festhalten konnte. Doch wohin seine Pranken auch griffen, fanden sie nur loses Laub. Die Skelettbäume, die um das Sumpfloch standen, schienen höhnisch auf ihn herabzugrinsen. Ihre Wurzeln waren zu weit entfernt, als dass er sie hätte erreichen können.

»Hilfe«, maunzte Raja – laut zu rufen traute er sich nicht. Seine Ausbildung mochte zwar noch längst nicht abgeschlossen sein, aber auch ihm war klar, dass in unmittelbarer Nähe mindestens ein halbes Dutzend Kreaturen lauerte, die nur darauf warteten, einen Tiger in einer solchen Lage vorzufinden. Weder konnte Raja seine Pranken zum Einsatz bringen noch konnte er zuschnappen. Er war wehrlos und damit leichte Beute.

Schaudernd musste er an die Schlange denken, die er zuvor gehört hatte. Vielleicht war auch ein Leopard in der Nähe oder ein Nebelparder ... oder eine Meute Warane. Gewöhnlich wurden diese Echsen von Tigern gefressen, aber ganz bestimmt waren sie nicht abgeneigt, die Verhältnisse einmal umzudrehen.

»Hilfe«, krächzte Raja noch einmal. »Biru? Bist du noch in der Nähe ...?«

Vorhin noch hätte er den Gecko am liebsten an einen anderen Ort gewünscht – jetzt hätte er wer weiß was darum gegeben, das kleine Gesicht mit den grünen Augen aus dem Unterholz auftauchen zu sehen. Sicher hätte Biru ihm Vorwürfe gemacht und ihn gescholten, doch das war immer noch besser, als in diesem Sumpfloch zu versinken!

Die Brühe kroch weiter an ihm empor, reichte ihm jetzt bis zu seinen Schnurrhaaren. Er sank tatsächlich immer weiter ein. Wie lange würde er noch durchhalten können?

Raja hatte inzwischen erkannt, dass rasche Bewegungen eher schadeten als nutzten. Also bewegte er sich ganz langsam, streckte seine Glieder weit von sich, um dem Wasser möglichst großen Widerstand zu bieten. Fragte sich nur, wozu? Damit eine Python kam und ihn bei lebendigem Leib verschlang? Das machten Pythonen nämlich. Und danach wurde man in ihrem Schlangenkörper über mehrere Wochen hinweg verdaut ...

Raja schüttelte sich.

Seine Wut war längst verflogen. Und je dunkler es wurde und je unheimlicher die Geräusche, desto mehr machte die Angst sich breit. Er zitterte, und nicht nur weil die Kälte des Sumpflochs ihn erbärmlich frieren ließ.

Das war also aus seinen großen Plänen geworden, sich an Eisenkralle zu rächen und den Thron des Dschungels eines Tages zurückzuerobern! Besonders weit war er nicht gekommen. Der Koboldmaki hatte recht gehabt.

Wie eingebildet er gewesen war.

Und wie dumm.

Jetzt, als er bis zum Hals in dem Sumpfloch steckte, sah Raja alles in einem anderen Licht. Er bedauerte, dass er kein besserer Schüler gewesen war, dass er sich nicht mehr Mühe gegeben hatte, zu lernen und das Gesicht des Jägers zu finden. Es tat ihm leid, dass er so gemein zu Biru gewesen war und ihn vertrieben hatte. Vor allem aber tat es ihm leid, dass er seine Mutter enttäuschte.

Sie hatte alles getan, damit er Eisenkralle entkam, hatte ihr Leben für ihn eingesetzt – und was tat er? Verjagte den einzigen Freund, den er hatte, und fiel kurz danach in das nächstbeste Loch. Er war eines Prinzen unwürdig.

Raja war so verzweifelt, dass er ohne es zu merken leise zu heulen begann wie ein kleiner Welpe. Die Dunkelheit, die über dem Dschungel hereingebrochen war, erfasste sein Herz und verfinsterte es. Es war vorbei. Raja war verloren. Er schloss die Augen und wartete darauf, dass er endgültig in der schlammigen grünen Brühe versank ...

Plötzlich war da Licht.

Raja blinzelte.

Er versuchte, die Lider zu heben.

Etwas blendete seine empfindlichen Tigeraugen, so sehr, dass er nichts sehen konnte. Doch dann schälte sich aus der Dunkelheit, die zäh und bedrohlich zwischen den knorrigen Bäumen hing, eine leuchtende Gestalt ...

»Ma-Mama ...?«

»Raja«, hörte er ihre Stimme in seinem Kopf. Fantasierte er etwa, oder war sie tatsächlich da? Bildete er sich das nur ein oder geschah es wirklich?

»Mama, es tut mir leid«, sagte Raja verzweifelt. »Ich habe alles falsch gemacht!«

»Jeder macht Fehler, Raja«, sagte sie mit ihrer warmen, weichen Stimme, und er hatte das Gefühl, seine Mutter sogar riechen zu können. »Du darfst nur niemals aufhören, aus ihnen zu lernen.«

»Was bedeutet das?«, wollte Raja wissen – aber seine Mutter gab keine Antwort mehr. Ihre Umrisse verblassten, und die Dunkelheit drohte zurückzukehren. »Nein, warte!«, rief Raja und schlug aufgeregt mit den Vorderläufen. »Du darfst nicht gehen, hörst du? Lass mich nicht allein! Du darfst nicht ...«

Durch das wilde Schlagen und Umsichtreten sank er immer weiter ein. Wasser lief ihm ins Maul, und er verschluckte sich – und davon wachte er auf.

»Mama? Wo ...?«

Raja stellte fest, dass er nur geträumt hatte. Seine Mutter war nicht da, und er steckte noch immer in dem Sumpfloch fest. Noch tiefer als zuvor.

Unter panischem Fauchen versuchte er, an der Oberfläche zu bleiben, aber es gelang ihm nicht. Die Brühe kroch bis zu seinen Ohren hinauf, jeden Augenblick würde das Sumpfloch ihn ganz verschlingen. »Mama«, flüsterte er. Gleich würde er untergehen. Er hatte keine Kraft mehr, der Sumpf war stärker als er. Raja wollte gerade aufgeben, als ein türkisfarbenes Gesicht am Rand des Lochs erschien.

»Da bist du ja, geck-gecko!«

»Biru!«, gurgelte Raja. Er hätte gern mehr gesagt, aber es war zu spät. »Bitte hilf ...«

»Den Ast«, rief der Berater jemandem hinter sich zu. »Schnell! Beeilt euch!«

Da tauchten zwei Gestalten auf, die eilig einen losen Ast heranschleppten. Raja, dessen Schnauze gleich von Wasser bedeckt sein würde, konnte nicht richtig erkennen, wer ihm da zu Hilfe eilte. Die eine war nur drei Pfoten

hoch, hatte einen runden Kopf mit großen Augen und einen langen Schwanz. Die andere war plump und schwarz und hatte eine spitze Schnauze.

»Ich habe Hunger«, sagte sie mürrisch.

»Du wirst schon noch was zu futtern kriegen«, versicherte die andere Gestalt. »Erst retten wir mal den kleinen Tiger vor dem Ertrinken. Dann sehen wir weiter!«

Raja traute seinen Augen nicht – das waren doch Luku und Makan! Er hatte keine Ahnung, wo der Koboldmaki und der Malaienbär plötzlich herkamen, aber es war ihm auch egal. Er war nur unglaublich erleichtert darüber, nicht mehr allein zu sein. Die beiden schoben den Ast so weit über den Rand des Sumpflochs, dass Raja ein Ende erreichen konnte. Makan ließ sich mit seinem enormen Hinterteil auf das andere Ende des Astes plumpsen. Dankbar krallte sich Raja in das morsche Holz und zog sich Stück für Stück aus dem Sumpf.

Die dunkle Brühe protestierte schmatzend, so als wollte sie ihn gar nicht mehr freigeben. Aber unter Aufbietung aller verbliebenen Kräfte gelang es ihm, sich an Land zu retten.

Mit buchstäblich letzter Kraft zog er auch noch die Hinterläufe und den Schwanz aus dem Schlamm und sank im fauligen Laub nieder, völlig erschöpft, aber überglücklich über diese unerwartete Wendung.

»Danke«, keuchte er atemlos. »Das werde ich euch nie vergessen!«

»Hoffentlich«, meinte Luku. »Denk daran, falls du mir mal auf einem deiner Streifzüge begegnest, kleiner Tiger!«

»Hunger«, meinte Makan nur.

»Ist ja schon gut«, wehrte Luku ab. »Wir haben den kleinen Prinzen aus dem Loch gezogen, jetzt können wir in Ruhe was futtern gehen. Ich hätte Appetit auf Schaben, und du?«

»Bienen«, erwiderte der Bär, während sie bereits davonzogen. »Am liebsten mit Honig.« Er schleckte sich mit seiner langen Zunge ums Maul, während sie in der Dunkelheit verschwanden, so plötzlich und unvermittelt, wie sie daraus aufgetaucht waren.

»Habt vielen Dank!«, rief Raja ihnen hinterher. Aber die beiden gaben keine Antwort mehr, das Jagdfieber hatte sie gepackt. Schwerfällig raffte sich Raja hoch und kam stöhnend auf die Beine. Sein Fell war pitschnass und klebte in schmutzigen Zotteln an seinem Körper.

»Du siehst ja aus«, stellte Biru missbilligend fest. »Ganz und gar nicht wie ein Prinz.«

»Ich fühle mich auch nicht so«, versicherte Raja und senkte das Haupt. »Es tut mir leid«, fügte er leise hinzu.

»Wie war das?«

»Es tut mir leid«, wiederholte Raja. »Ich habe mich wie ein Nashorn benommen.«

»Wie ein dämliches Nashorn«, verbesserte der Gecko. Doch er lächelte dabei.

Raja widersprach nicht. »Wie hast du mich gefunden?«, wollte er stattdessen wissen.

»Ich brauchte dich gar nicht erst zu suchen«, erklärte der Berater. »Nachdem wir uns getrennt hatten, bin ich dir unbemerkt gefolgt und habe gesehen, wie du in das Loch gefallen bist. Da ich allein nichts hätte tun können, bin ich umgekehrt und zu den beiden zurückgegangen.«

»Und sie sind mit dir mitgekommen?«, fragte Raja ungläubig. »Einfach so?«

»Ich habe sie daran erinnert, dass sie etwas gutzumachen haben«, entgegnete der Gecko. »Schließlich haben sie uns in die falsche Richtung geschickt, nicht wahr? Wie gut, dass du die beiden nicht aufgefressen hast.«

»Das ist wahr«, musste Raja zugeben und sah seinen Begleiter durchdringend an. »Danke, Biru«, fügte er dann leise hinzu. »Du hast mir das Leben gerettet ... schon wieder.«

Der Gecko erwiderte seinen Blick und schien für einen Moment zu ergriffen, um etwas zu sagen.

»Gern geschehen, gecko-gecko«, erwiderte er dann.

10

Die Schwimmenden Felsen

Der Schlaf, in den Raja in dieser Nacht fiel, ähnelte einer Ohnmacht. Als er jedoch am nächsten Tag erwachte, fühlte er sich so ausgeruht wie lange nicht mehr – und hatte einen Riesenappetit. Während sich Biru zum Frühstück einige dicke Käfer schmecken ließ, fing Raja sich zwei Sumpfratten, die er heißhungrig verspeiste.

Frisch gestärkt zogen sie weiter, wobei Raja den Gecko einmal mehr auf seinem Rücken trug. Da die Bäume weniger dicht standen als tags zuvor, kamen sie rasch voran und gelangten endlich wieder in trockenere Gefilde. Es war gegen Mittag, als Raja plötzlich stehen blieb und schnüffelte.

»Riechst du das auch?«

»Allerdings«, bestätigte Biru, dessen feiner Spürsinn dem eines Tigers in nichts nachstand.

»Das brennt in der Nase«, stellte Raja fest.

»Das ist Salz«, erklärte der Gecko. »Das bedeutet, dass wir nicht mehr weit vom Großen Wasser entfernt sind. Der Weg durch den Sumpf muss eine Abkürzung gewesen sein!«

»Hurra!«, rief Raja und verspürte erstmals seit Verlassen der Weißen Zähne wieder Zuversicht. Zwar musste er sofort an seine Mutter denken, und er wünschte sich von ganzem Herzen, dass sie jetzt bei ihm sein könnte. Aber er war auch einfach froh darüber, dass die gefahrvolle Reise durch den Dschungel nun bald ein Ende nehmen würde. Auf der Insel der Bayangai, der Schattenkämpfer, würden sie sicher sein und endlich wieder ein festes Dach über dem Kopf haben. Man würde sie als Freunde willkommen heißen und sie in die Gemeinschaft aufnehmen, und Raja würde endlich auch andere Tiger kennenlernen!

Die Vorfreude darauf beschleunigte seine Schritte. Und bereits am Nachmittag konnte er in der Ferne ein dumpfes Rauschen vernehmen.

»Das Große Wasser! Ich kann es hören, Biru!«

»Das ist die Brandung«, klärte der Berater ihn auf, »die Wellen, die ans Ufer spülen.«

Raja begann zu laufen. In weiten Sätzen durchmaß er den Wald, schlüpfte unter tief hängenden Flechten hindurch und sprang leichtfüßig von Wurzel zu Wurzel. Graue Felstürme tauchten aus dem Grün der Bäume auf, dazu hohe Palmen, die ihnen den Weg wiesen. Schon glaubte Raja, durch das Gewirr der Stämme etwas schimmern zu sehen, das von tiefblauer Farbe war und sich unendlich weit erstreckte – und im nächsten Moment lichtete sich der Wald. Der Boden wurde weich und sandig und fiel sanft ab – und auf einmal standen Raja und Biru am Rand des Großen Wassers, das schäumend gegen das Ufer brandete.

Raja wollte etwas sagen, aber er konnte nicht. Der Anblick war einfach zu überwältigend.

Staunend blickte Raja auf die endlos scheinende blaue Fläche, in der sich glitzernd das Licht der Sonne brach. Nie zuvor hatte er etwas so Großes gesehen. Das Gebiet der Weißen Zähne, in dem er bisher gelebt hatte, war klein gewesen und überschaubar – das Meer jedoch war riesig und gewaltig, und er kam sich klein und unbedeutend vor, wie er so dastand und auf das Wasser starrte. Drei gewaltige sandfarbene Felsen schienen darauf zu treiben, die irgendwie seltsame Formen hatten und von Palmen und Schlinggewächsen übersät waren.

»Die Schwimmenden Felsen!«, rief Raja aufgeregt. »Das müssen die Schwimmenden Felsen sein!«

Die linke Insel sah aus wie das Ei eines riesigen Vogels; die ganz rechts hatte die Form eines Termitenhügels; die in der Mitte jedoch ähnelte dem Haupt eines Tigers: Der Fels war nach vorn gewölbt wie eine Schnauze, und die Bäume, die darauf wuchsen, bildeten Augen und Ohren. Und dort, wo das Maul war, klaffte der dunkle Eingang einer Höhle.

»Das sind sie«, bestätigte Biru, der von Rajas Rücken gesprungen war. Im feinen Sand hinterließen seine Klauen und sein peitschender Schwanz eine eigentümliche Spur. »Und das in der Mitte ist die Insel der Bayangai«, fügte er hinzu. »Du bist am Ziel deiner Reise.«

»Unserer Reise«, verbesserte Raja. »Ohne dich hätte ich es nie geschafft.«

»Vielleicht«, gab der kleine Berater zu. »Aber damit ist meine Aufgabe erfüllt. Auf dieser letzten Etappe kann ich dich nicht mehr begleiten, so leid es mir tut. Denn zum einen kann ich nicht schwimmen ...«

»Und wenn schon – ich nehme dich natürlich auf meinem Rücken mit!«

»... und zum anderen ist meinesgleichen dort nicht erwünscht. Nur die Jäger des Dschungels werden in den erlesenen Kreis der Schattenkrieger aufgenommen.«

»Das heißt, ich ... ich muss allein gehen?«

»So ist es.«

»Aber davon hat meine Mutter nichts gesagt!«

»Sie kannte die Regeln«, versicherte Biru, »genau wie ich. Entweder du gehst allein oder keiner von uns.«

Raja knurrte. Kaum war er am Ziel, bahnte sich schon der nächste Abschied an, und er wollte sich nicht mehr verabschieden müssen. Andererseits war ihm klar, dass er keine Wahl hatte. Langsam senkte er das Haupt, um an dem Gecko zu schnuppern und sich nach Tigerart von ihm zu verabschieden.

»Wir werden uns doch wiedersehen?«, fragte er leise.

»Wenn du deine Ausbildung beendet hast«, erwiderte der Gecko und vergrub sich dabei halb im Sand, so als suchte er nach etwas, um sich abzulenken.

»Aber dann ... werden wir uns lange nicht sehen.«

»Eine Weile«, bestätigte Biru. Es klang dumpf, weil er den Kopf in den Sand gesteckt hatte.

»Danke, dass du mich geführt hast«, sagte Raja leise. »Dass du mein Wegweiser und mein Gewissen warst. Du bist der beste Berater, den ich mir wünschen konnte.«

»Ich weiß«, kam es zurück. »Und nun musst du aufbrechen, wenn du die Insel noch vor Einbruch der Dunkelheit erreichen willst. Los doch, geck-geck-gecko!«

Raja wartete noch einen Moment, aber Biru machte keine Anstalten, wieder aus dem Sand aufzutauchen. Offenbar war er wild entschlossen, dort zu bleiben, bis sein junger Schützling gegangen war.

Raja wollte zu Birus Ehren zum Abschied einen Tigerschrei ausstoßen, aber es blieb bei einem harmlosen Blöken – mehr brachte er noch immer nicht zustande. Dann wandte er sich um und trabte durch den Sand hinab zum Wasser.

Es war angenehm kühl und spritzte an ihm hoch. Der Salzgeruch irritierte ihn im ersten Moment, aber er gewöhnte sich rasch daran, und als die erste Welle kam, verlor er bereits den sandigen Boden unter den Pfoten und schwamm.

Mit allen vieren paddelnd kam Raja rasch voran. Kraftvoll schwamm er der mittleren der drei Inseln entgegen, von wo ihm das dunkle Maul des Tigerschädels entgegengähnte. Von den Bayangai, die die Insel angeblich bewohnten, war weit und breit nichts zu sehen.

Hielten sie sich versteckt? Hatten sie ihn womöglich bereits entdeckt und beobachteten ihn? Wussten sie bereits, dass er auf dem Weg zu ihnen war?

Die Strapazen der Reise und die überstandenen Gefahren hatten Raja bislang so in Anspruch genommen, dass er kaum darüber nachgedacht hatte, was geschehen würde, wenn er die Insel erreichte. Nun allerdings, da er unmittelbar darauf zuschwamm, wuchs seine Anspannung. Noch einmal blickte er zurück, sah Birus Gestalt als winzigen blauen Punkt am Strand, aber dann wandte er den Blick nach vorn. Er war fest entschlossen, seinen Lehrer stolz zu machen, genau wie seine Mutter.

Gerade als er an sie dachte, berührte etwas Rajas Hinterläufe.

Er zuckte zusammen.

Hatte er sich geirrt, oder ...?

Da tauchte neben ihm eine dreieckige Flosse aus dem Wasser auf. Und obwohl Raja noch nie solch eine Flosse gesehen hatte, wusste er sofort, dass sie Gefahr bedeutete, so pfeilschnell, wie sie durch die Wellen schnitt! Unter der Wasseroberfläche konnte er einen Körper erkennen, schlank und spitz und beinahe doppelt so lang wie er selbst. Jäh dämmerte ihm, was das war – ein Hai!

Im Großen Wasser waren Haie das, was Tiger im Dschungel waren – die gefürchtetsten Jäger, die ganz am Ende der Nahrungskette standen! Gewöhnlich begegneten sie einander nicht, denn die einen herrschten an Land und die anderen in den Tiefen des Meeres ... aber wenn es doch einmal dazu kam, dann war ziemlich klar, wie die Sache ausgehen würde ...

Raja schwamm um sein Leben!

Er paddelte, so schnell er konnte, schlug das Wasser mit den Pfoten und trat es mit den Hinterläufen, so als wollte er es dafür bestrafen, dass es ihm den Hai auf den Hals gehetzt hatte. Für einen Tiger schnitt er atemberaubend schnell durch die Wellen – für einen Hai war es lächerlich langsam.

Der große Fisch umrundete ihn.

Und begann mit ihm zu spielen.

Mal tauchte seine Flosse vor ihm, dann hinter ihm auf, mal auf der einen Seite, dann auf der anderen. Dann wieder verschwand der Hai ganz, und Raja glaubte schon, aufatmen zu dürfen, doch schon im nächsten Moment war der schreckliche Gegner wieder da, und Raja begriff, was es hieß, gejagt zu werden. Mit aller Kraft schwamm er weiter, hielt auf die Insel zu, die ihm Rettung versprach – allerdings war sie noch weit entfernt, fast unerreichbar.

Wieder berührte ihn etwas an den Hinterläufen, und Raja erwartete beinahe, der Hai würde sein Maul aufreißen und zubeißen. Doch plötzlich war der Fisch wieder verschwunden. Der Gedanke, dass er dort unter ihm in der blauen Tiefe kreuzte, dass dort womöglich sogar noch mehr von seiner Sorte lauerten, versetzte Raja in Angst und Schrecken.

An die Insel und die Schattenkrieger dachte er längst nicht mehr. Er dachte nur noch ans nackte Überleben. Er blickte zurück und überlegte, ob er umkehren sollte, aber er hatte bereits über die Hälfte der Strecke bewältigt. Er musste also weiter, immer weiter ...

Raja schwamm, als ob er selbst ein Fisch wäre! Seine Züge wurden langsamer, dafür aber kräftiger, und er ließ sich noch ein

Stück weiter ins Wasser gleiten. An den Hai versuchte er möglichst nicht mehr zu denken, denn er konnte ohnehin nichts gegen ihn tun – außer weiterzuschwimmen, immer weiter …

Die Insel kam näher!

Raja schöpfte schon Hoffnung – als die Flosse auf einmal wieder auftauchte. Und diesmal schien es der Hai auf ihn abgesehen zu haben! Blitzschnell schoss er auf ihn zu und tauchte dabei unter, so als wollte er ihn aus der Tiefe angreifen. In seiner Verzweiflung fuhr Raja die Klauen aus, und genau in dem Moment, als er den Hai unter sich vermutete, trat und schlug er mit aller Kraft zu.

Er erwischte den Hai nur flüchtig, doch seine Tigerklauen schienen dennoch Eindruck zu machen. Der Fisch schoss im Zickzackkurs davon, eine helle Blutspur hinter sich herziehend – und im nächsten Moment erreichte Raja seichtere Gewässer. Seine Kräfte verließen ihn fast vor Erschöpfung, aber er zwang sich, immer weiter zu paddeln, und bekam schließlich wieder festen Boden unter die Pfoten. Sein Herzschlag hämmerte, und es rauschte in seinem Kopf, während er sich weiterschleppte, aus dem Wasser und den Strand hinauf, dem Höhleneingang entgegen.

Kaum war er auf dem Trockenen, brach er zusammen.

Wie lange er dort so gelegen hatte, wusste er später nicht mehr zu sagen. Vielleicht hatte er für eine ganze Weile das Bewusstsein verloren, vielleicht auch nur für einen Augenblick.

Als er die Augen jedenfalls wieder öffnete, traten ihm aus dem Dunkel der Höhle zwei Gestalten entgegen.

Die Bayangai!

Er hatte es geschafft.

11

Senjata

Raja war am Ende seiner Kräfte.

Er war müde vom langen Marsch und erschöpft vom Schwimmen, und die Begegnung mit dem Hai steckte ihm noch in den Knochen. Er zitterte am ganzen Leib, zudem war sein nasses Fell von Kopf bis Fuß mit Sand bedeckt, sodass er eher wie ein lebendig gewordener Felsbrocken aussah als wie ein Tiger. Trotzdem war er stolz, alle Gefahren und Strapazen überwunden zu haben.

Er hatte das Ziel seiner Reise erreicht!

Mit wackeligen Beinen richtete er sich auf und trat den beiden Gestalten entgegen, die im Höhleneingang warteten. Zumindest eine von ihnen sah tatsächlich wie ein Schatten aus – es war ein schwarzer Panther, dessen gelbgrüne Augen Raja genau verfolgten. Die andere Gestalt schien ein Tiger zu sein; sie blieb jedoch im Schutz der Höhle, während der Panther ein wenig näher kam.

Den Kopf gesenkt, bewegte er sich beinahe lautlos, jede einzelne seiner geschmeidigen Bewegungen eine unausgesprochene Warnung. Zweifellos war der Panther ein erfahrener Krieger, der schon viele Gegner in die Flucht geschlagen hatte. Raja war voller Bewunderung – genauso wollte er auch werden.

»Halt!«, rief ihm der Panther entgegen, als sie sich einander bis auf etwa fünfzehn Schritte genähert hatten. Nun, da Raja ihn aus der Nähe sah, bemerkte er die Narbe, die sich von seinem Kopf bis zum Hals herabzog – vermutlich die Erinnerung an einen Kampf, den er bestritten und wohl nur schwer verletzt überstanden hatte. »Wer bist du, und was willst du?«

»Ist dies die Insel der Bayangai?«, fragte Raja.

»Warum willst du das wissen?«

»Weil ich hierhergeschickt wurde, um meine Ausbildung zu beenden«, antwortete Raja wahrheitsgemäß. »Ich will ein großer Jäger und Krieger des Dschungels werden.«

»Ach ja? Und wer bist du?«

Raja holte tief Luft und warf sich in die Brust, ehe er stolz erwiderte: »Ich bin Raja, König Eisfells Sohn!«

Wenn er geglaubt hatte, dass dies den Panther auch nur im Geringsten beeindrucken würde, hatte er sich geirrt. Der schwarze Jäger blieb unbewegt stehen und starrte ihn weiter prüfend an.

»Wer?«, fragte er nach.

»Raja«, entgegnete dieser, nun schon nicht mehr ganz so selbstsicher. »Der Sohn von Eisfell? Von König Eisfell ...?«

»Wer deine Eltern sind oder waren, interessiert hier niemanden, junger Tiger«, erklärte ihm der Panther streng.

»Wa-was interessiert euch dann?«, wollte Raja wissen, nun doch ein wenig eingeschüchtert.

»Hast du einen Jägernamen? Wie viele Rivalen hast du bereits besiegt? Hast du große Taten vollbracht, die deine Aufnahme in den Kreis der Schattenkrieger rechtfertigen würden?«

»Nein«, musste Raja nach kurzem Überlegen zugeben und blickte enttäuscht zu Boden. In seiner Vorstellung hatte er sich die Ankunft auf der Insel anders ausgemalt ... ganz anders. »Aber ich habe eine lange und gefährliche Reise auf mich genommen, um hierherzugelangen«, versicherte er. »Und beim Durchqueren des Großen Wassers hat mich ein Hai angegriffen.«

»Es ist ihr Element und ihr Revier«, erwiderte der Panther ungerührt. »Was hast du erwartet?«

»Na ja, ich dachte ...«

»Jeder, der diese Insel betreten will, muss zuvor das Wasser durchqueren«, schnitt er ihm das Wort ab. »Wenn du dir das als große Tat anrechnen willst, so muss ich dich enttäuschen.«

Raja starrte wieder zu Boden.

Was sollte er sagen? Was zu seiner Verteidigung anführen? Was war denn schon Besonderes an ihm, welche großen Taten hatte er vollbracht? Sollte er sagen, dass er um ein Haar von einer Pythonschlange gefressen worden wäre? Dass nicht viel gefehlt hätte, und er wäre in einem Sumpfloch jämmerlich ertrunken? Und dass es ein Gecko, ein Maki und ein ständig hungriger Bär gewesen waren, die ihn herausgezogen und ihm das Leben gerettet hatten? Raja bezweifelte, dass das die Art von Geschichte war, die der Panther hören wollte.

Plötzlich kam ihm ein anderer Gedanke. »Tigerauge!«, rief er.

»Was?« Der Panther sah ihn forschend an.

»Tigerauge«, wiederholte Raja. »Ist er hier?«

Der Panther zeigte seine Zähne, sein Blick wurde unverhohlen misstrauisch. »Woher kennst du diesen Namen?«

»Von meiner Mutter«, erwiderte Raja wahrheitsgemäß. »Sie hat gesagt, dass ich nach Tigerauge fragen soll, er würde mich zum Jäger ausbilden.«

»Ist das so?«, knurrte der schwarze Panther.

»Ist er hier?«, fragte Raja noch einmal. »Kann ich ihn sprechen?«

»Nein«, kam es unvermittelt zurück. Die Antwort klang ebenso hart wie endgültig. »Tigerauge ist nicht mehr unter uns.«

»Das heißt, er ... er ...?«

Raja brachte es nicht fertig, das Unfassbare auszusprechen, aber ihm war klar, was der schwarze Panther meinte. Tigerauge war tot. Was war nur geschehen? Raja gab einen Laut der Enttäuschung von sich. Da nahm er die größten Mühen und die unglaublichsten Gefahren auf sich, um zu dieser Insel zu gelangen und Tigerauge zu finden – und nun stellte sich heraus, dass alles vergeblich gewesen war.

Traurig ließ er den Kopf sinken und machte Anstalten, den Rückweg durch das Meer anzutreten. Selbst vor einer erneuten Begegnung mit dem Hai fürchtete er sich nicht mehr. Ihm war nun alles egal. Es war alles umsonst gewesen. Es gab keine Hoffnung mehr.

»Halt!«, rief der schwarze Panther in diesem Moment.

Raja hielt inne.

Was wollte der Kerl denn noch von ihm? Raja war für seinen Geschmack schon voll und ganz bedient.

»Mein Name ist Senjata«, stellte sich der Panther jetzt vor, das Haupt hoch erhoben. »Ich bin ein Kendar, ein Kampfmeister der Bayangai, und ich allein entscheide, wer zur Ausbildung aufgenommen wird und wer nicht.«

»I-ich verstehe«, sagte Raja, während er vor Ehrfurcht beinahe erstarrte. Sein aufgeplusterter Schwanz verschwand zwischen seinen Beinen. Leoparden und schwarze Panther waren gewiss schnelle Jäger und erbitterte Kämpfer, aber einem ausgewachsenen Tiger waren sie für gewöhnlich unterlegen. Wenn Senjata ein Kampfmeister der Bayangai war, so musste er über außerordentliche Fähigkeiten und große Tapferkeit verfügen.

»Ich werde dir eine Frage stellen«, kündigte der schwarze Panther an. »Wenn du sie richtig beantwortest, wirst du zur Ausbildung bei uns aufgenommen. Wenn nicht, musst du die Insel sofort wieder verlassen.«

»In Ordnung«, versicherte Raja, der auf einmal wieder Hoffnung schöpfte. Er brauchte nur eine Frage zu beantworten, und alles würde so werden, wie er es sich vorgestellt hatte. So schwer konnte das ja nicht sein.

»Dann sage mir, Raja, Sohn von Eisfell: Welches Tier unter allen Kreaturen des Dschungels ist dem Großen Drachen das liebste seiner Kinder?«

Die Worte verklangen, und Raja hatte das Gefühl, dass die Frage über ihm schwebte wie eine Klaue, die jeden Augenblick zuschlagen würde. Unwillkürlich duckte er sich, während er fieberhaft nachdachte.

Was mochte die Antwort sein?

Ganz sicher war es nicht das Offenkundige, sonst hätte Senjata sie ihm nicht gestellt. Bestimmt war ein Trick dabei, eine Falle, mit der ihn der schwarze Panther in die Irre führen wollte ... Oder war es in Wirklichkeit viel einfacher? Wollte der Kendar womöglich nur wissen, ob Raja sich auch etwas zutraute? Ob er auch zu Ende bringen würde, was er einmal begonnen hatte?

»Ich warte«, knurrte Senjata ungeduldig.

»Also gut«, erwiderte Raja und fällte einen Entschluss. »Das liebste Kind des Großen Drachen ist der Tiger«, verkündete er mit Überzeugung, »denn er ist der König des Dschungels, und kein anderes Tier vermag es an Kraft, Geschick und Schnelligkeit mit ihm aufzunehmen.«

»Das ist deine Antwort?«

»Das ist meine Antwort«, bestätigte Raja.

Der schwarze Panther schüttelte unwillig das dunkle Haupt. »Dann geh«, befahl er.

»Was?« Raja traute seinen Ohren nicht. Damit hatte er nicht gerechnet.

»Geh«, wiederholte Senjata und senkte dabei drohend das Haupt. »Und warte besser nicht, bis ich dir Beine mache.«

»A-aber ich ...«

Der Panther ließ sich auf keine Diskussion ein. Das raue Gebrüll, das er Raja entgegenschickte, war die letzte Warnung. Raja wich zurück. Sein Fell war ein wenig getrocknet, doch er bot noch immer einen ziemlich verdreckten Anblick und kam sich unendlich lächerlich vor. Hilfe suchend blickte er an Senjata vorbei zu der anderen Gestalt, die jetzt ebenfalls an den Höhleneingang getreten war. Überrascht erkannte er, dass es eine junge Tigerin war, nicht viel älter als er selbst – und mit Bestürzung sah er die Verachtung in ihren Augen.

Raja hielt es nicht mehr aus.

Auf den Hinterbeinen machte er kehrt und warf sich herum, stürmte mit drei, vier großen Sprüngen zurück zum Wasser und warf sich hinein. Eine Welle schwappte über ihn hinweg, sodass er nach Luft schnappen musste. Salzwasser drang in seine Augen und brannte wie Feuer. Dennoch schwamm er so schnell und kräftig er konnte, um nur rasch einen möglichst großen Abstand zwischen sich und die Insel der Schattenkrieger zu bringen.

An den Hai, der irgendwo in der blauen Tiefe lauern mochte, dachte er nicht einmal mehr – er schwamm nur weiter, immer weiter, und erreichte das Festland kurz vor Einbruch der Dunkelheit. Erschöpft schleppte er sich an den Strand und blieb dort liegen.

Von Biru fehlte jede Spur.

Der Gecko war gegangen, und Raja hatte keine Ahnung, wohin. Statt auf der Insel der Bayangai freudig aufgenommen zu werden und dort neue Gefährten zu finden, war er barsch zurückgewiesen worden.

Jetzt war er wirklich ganz allein.

»Mama«, flüsterte er noch. Dann wurde die Erschöpfung zu groß, und der Schlaf übermannte ihn.

12

Die Verlorenen

»Isser tot?«

»Nein, glaub ich nicht.«

»Er sieht aber tot aus. Außerdem hab ich Hunger, also lass uns was futtern gehen.«

»Einen Moment noch ...«

Raja nahm die Stimmen nur wie aus weiter Ferne wahr. Als ihn aber plötzlich etwas in sein Ohr kniff, schoss er wie von einer Giftspinne gebissen in die Höhe, wobei er ein helles Jaulen ausstieß.

»Doch nich' tot«, kommentierte jemand aus dem Dunkel. Gleichzeitig stiegen bekannte Gerüche in Rajas Nase, nämlich die von einem Koboldmaki und einem Malaienbär ...

»Luku! Makan!«, rief er, unendlich froh darüber, die beiden zu sehen.

»Du hast uns erkannt.« Das runde Gesicht des Makis tauchte vor Raja auf, die Augen so weit aufgerissen, dass sie scheinbar aus den Höhlen zu fallen drohten. »Was machst du denn hier ganz allein am Strand? Das ist nicht gut wegen der Krabben. Die fressen dir das Fleisch von den Knochen, noch ehe du es merkst.«

»Wirklich?«, fragte Raja. Er blickte in die Dunkelheit und konnte sehen, wie eine Vielzahl kleiner, vielbeiniger Körper über den Strand davonhuschte. Er schauderte. »Ich hab mich nur für einen Moment hingelegt«, beeilte er sich zu versichern.

»Kann ich gut verstehen«, gähnte Makan.

»Von wegen«, widersprach Luku, »du hast geschlafen wie ein Toter! Wir dachten schon, es wäre um dich geschehen! Wie gut, dass wir zufällig vorbeigekommen sind.«

»Wo kommt ihr überhaupt her?«, wollte Raja wissen. »Und was macht ihr hier?«, fragte er mit einem Blick zum sternenklaren Himmel. »Noch dazu so spät!«

»Wir sind natürlich auf der Jagd«, erklärte Luku stolz. »Wir Makis fressen nämlich Fleisch, genau wie ihr Tiger. Und genau wie Malaienbären schlafen wir tagsüber und jagen nachts, da sind wir nämlich glockenwach!« Er warf einen Blick zu Makan hinüber, der schon wieder gähnte. »Mehr oder weniger jedenfalls«, fügte er leiser hinzu. »Und was ist mit dir? Hast du das Ziel deiner Reise erreicht?«

»Schätze schon.« Raja nickte. Am liebsten hätte er den beiden erzählt, was ihm auf der Insel der Bayangai widerfahren war, aber er tat es nicht, denn er schämte sich zu sehr dafür. Im Nachhinein kam er sich ziemlich dämlich vor. Wie hatte er nur annehmen können, dass die Schattenkrieger ihn mit offenen Pfoten empfangen würden?

»Wo ist dein Begleiter hin?«, wollte Luku wissen. »Der kleine Blaue?«

»Fort«, sagte Raja nur.

»Schade«, meinte Makan und leckte sich das Maul. »Ich mag Geckos.«

»Hör nicht auf ihn«, sagte Luku. »Er ist immer so, wenn er Hunger hat.«

»Dann geht und jagt euch was«, sagte Raja. »Ich komme schon zurecht.«

»Bist du sicher?«

Raja zögerte. Was hätte er sagen sollen? Einerseits fürchtete er sich davor, wieder allein zu sein. Aber lieber hätte er sich die Zunge abgebissen, als das offen zuzugeben.

Nicht vor diesen beiden ...

»Warum begleitest du uns nicht?«, schlug der Maki in diesem Moment vor. »Komm doch einfach mit.«

»Ich? Mit euch?«

»Warum nicht? Du hast doch sicher auch Hunger, und wenn Luku und Makan unterwegs sind, werden nur Leckereien serviert, das kann ich dir versprechen!«

»Was denn zum Beispiel?« Raja schluckte – er hatte tatsächlich Hunger.

»Regenwürmer!«, verkündete Luku begeistert.

»Bienen mit Honig«, erklärte Makan versonnen.

»Käfer!«, rief der Maki.

»Tausendfüßer!«, schwärmte der Bär.

»Spinnen!«

»Frösche!«

»Maden!«

»Krabben!«

»Schlangen!«

»Mäuse ...«

»Mäuse«, wiederholte Raja – das war der erste vernünftige Leckerbissen in der Aufzählung.

»Du bist also dabei?«, fragte Luku. »Du kannst natürlich auch gerne hierbleiben, aber ...«

»Also schön«, meinte Raja und gab sich Mühe, seine Freude zu verbergen, »dann komme ich eben mit.«

»Sehr gut!« Die runden Augen des Makis leuchteten. »Du wirst es bestimmt nicht bereuen – wo Makan und Luku sind, ist immer was los!«

»Wenn ich nicht zu müde bin«, schränkte der Bär ein. »Oder hungrig. Oder beides.«

»Und wer weiß«, fuhr Luku in seiner Begeisterung fort, »vielleicht stellen wir dich ja auch Ayah vor.«

»Wer ist denn das?«, wollte Raja wissen.

»Das weißt du nicht?«, fragte der Maki erstaunt. »Er ist ein Tiger wie du. Sag bloß, du hast noch nie von ihm gehört!«

Raja überlegte, konnte sich aber nicht entsinnen, dass seine Mutter den Namen ihm gegenüber je erwähnt hatte. »Na ja«, sagte er ein bisschen verlegen, »ehrlich gesagt kenne ich nicht so viele Tiger außer mir ...«

»Wo bist du bloß aufgewachsen?«, fragte Luku kopfschüttelnd. »Irgendwo auf einem einsamen Berg?«

»Genau«, bestätigte Raja.

»Na schön, aber damit ist es jetzt vorbei. Denn jetzt hast du ja uns beide, und wir sorgen schon dafür, dass du ein paar Sachen von uns lernst. Nicht wahr, Makan?«

»Genau«, brummte dieser gleichmütig. »Außer, ich bin zu müde oder zu hungrig.«

»Oder beides«, fügte Raja hinzu.

Die schwarzen Knopfaugen des Bären blickten ihn überrascht an. »Woher weißt du das?«, fragte er verblüfft.

Sie verließen den Strand und schlugen sich beim nahen Waldrand ins Unterholz. Für Raja war es, als würde er in ein ganzes Universum aus Sinneseindrücken eindringen. Doch anders als zuvor waren ihm die Geräusche und Gerüche nicht mehr ganz so fremd. Er konnte hören, wie sich zahllose Kreaturen durch das Unterholz bewegten, und ein paar von ihnen konnte er sogar unterscheiden. Manche Gerüche und Geräusche waren ihm noch immer unbekannt und jagten ihm Angst ein, aber es war längst nicht mehr so schlimm wie zu Beginn seiner Reise.

Als beißender Gestank in seine Nase stach, gab er ein Schnauben von sich.

»Riechst du das auch?«, fragte Makan, der selbst geräuschvoll schnüffelte, während er auf seinen samtweichen Pfoten durch den Wald wankte.

»Ja«, bestätigte Raja angewidert. »Stinkblume.«

»Nix Stinkblume«, meinte der Bär und bog mit der Schnauze ein Gebüsch zurück, unter dem ein Schuppentier zum Vorschein kam. Oder vielmehr das, was ein anderes Raubtier von ihm übrig gelassen hatte.

»Bäh«, machte Raja und ließ die Zunge raushängen.

»Iiih«, pflichtete Luku bei.

»Lecker«, meinte Makan – und langte zu.

»Du frisst Aas?«, fragte Raja schaudernd.

»Warum nicht?«, fragte der Bär schmatzend zurück. »Das Fleisch ist zarter als frisches. Und außerdem«, fügte er hinzu, »läuft es nicht davon, wenn man es fangen will.«

»Zugegeben, Punkt für dich«, gab Luku zu, der das Schauspiel trotzdem ziemlich ekelig zu finden schien. »Raja und ich sehen uns aber lieber nach frischer Ware um, richtig?«

»Richtig«, stimmte Raja erleichtert zu.

»Siehst du den hohlen Baum dort?«

»Klar, was ist damit?«

»Pass mal auf«, kündigte Luku an. »Du brauchst nur am einen Ende zu warten und das Maul aufzumachen. Für den Rest sorge ich.«

»Für welchen Rest?«

»Das wirst du schon sehen.«

Mit einem Sprung, der einem kleinen Kerl wie ihm gar nicht zuzutrauen war und der fast das Zwanzigfache seiner Körpergröße betrug, schoss der Maki davon. Seinen Schwanz setzte er dazu ein, um in der Luft zu steuern, was ziemlich komisch aussah. Raja musste grinsen. Dann aber tat er, was Luku ihm gesagt hatte: Er eilte an das eine Ende des hohlen Stammes, der dort von Moos und

Würgefeigen überwuchert auf dem Boden lag, legte sich auf die Lauer und riss seinen Rachen auf. Luku verschwand in der Öffnung auf der anderen Seite.

Augenblicke lang blieb alles still.

Dann drang ein gellender Schrei aus der dunklen Röhre. Raja hörte ein aufgeregtes Flattern – und im nächsten Moment flog etwas genau in seinen Schlund.

Instinktiv schnappte er zu – und hatte etwas zwischen den Zähnen, das ziemlich knusperte und irgendwie ledrig war, aber auch ganz ordentlich schmeckte.

»Wie war das?«, fragte Luku, dessen runder Kopf in der Öffnung aufgetaucht war und ihn erwartungsvoll ansah.

»Nicht schlecht«, gab Raja kauend zu.

»Wusste ich's doch«, freute sich der Maki, »es geht eben nichts über frische Fledermaus! Wer weiß, vielleicht passt du ja doch ganz gut zu den Verlorenen.«

»Zu welchen Verlorenen?« Raja ließ sich auf die Hinterbeine nieder und legte den Kopf schief. »Wer ist das?«

»Lauter Tiere, die anderswo keiner haben wollte«, erwiderte Luku begeistert. »Wir haben uns zusammengetan.«

»Eine gute Idee«, fand Raja, während er sich sagte, dass auch er eigentlich dorthin gehörte – zu den Tieren, die anderswo niemand wollte.

»Dann bleib doch einfach bei uns! Wir nehmen die Dinge nicht so ernst, weißt du. Bei uns darf jedes Tier so sein, wie es ist. Wir könnten viel Spaß zusammen haben, glaube ich.«

»Glaube ich auch«, stimmte Raja zu, der einfach nur froh darüber war, nicht mehr allein zu sein. Seine Herkunft und sein Auftrag waren ihm im Augenblick ziemlich egal. Er musste ja auch an sich selbst denken und sehen, wo er blieb.

»Also abgemacht, von jetzt an gehörst du zu den Verlorenen«, verkündete Luku begeistert und gab äußerst seltsame, pfeifende Geräusche von sich.

»Oh nein, nich' das schon wieder«, stöhnte Makan, der seine Mahlzeit beendet hatte und sich wieder zu ihnen gesellte. »Alles, nur das nich'.«

»Was?«, wollte Raja wissen. Seine Blicke flogen zwischen dem Bären und dem pfeifenden Maki hin und her.

»Er singt«, brummte Makan.

»Er tut was?«

»Koboldmakis singen für ihr Leben gern«, erklärte der Malaienbär. »Was leider nicht bedeutet, dass sie es auch können ...«

13

Ayah

Sie waren fast die ganze Nacht über unterwegs. Nie zuvor hatte Raja erlebt, dass Jagen so viel Spaß machen konnte.

Wenn Tiger sich auf die Suche nach Beute begaben, dann war das eine todernste Angelegenheit. Sie pflegten dann still zu werden und eins zu werden mit dem Dschungel, wie seine Mutter es immer genannt hatte. Auch Luku und Makan wurden eins mit dem Regenwald, allerdings ganz anders, als Raja es kannte. Sie trieben dabei nämlich auch allerhand Schabernack und hatten sichtlich

Freude beim Futtern, während es bei Tigern immer sehr ernst und würdevoll zuging.

Das lag vor allem daran, dass Koboldmakis und Malaienbären nicht auf die Jagd gingen, um Muntjaks oder Tapire zu erbeuten; sie gaben sich mit viel weniger zufrieden, schienen deshalb aber nicht schlechter zu leben. An dem, was ihnen als Nahrung diente, pflegten Tiger für gewöhnlich vorbeizugehen: Käfer und Würmer, Krabben und Fledermäuse, Schlangen und Echsen gehörten eigentlich nicht zu dem, was einem Tiger das Wasser im Maul zusammenlaufen ließ. Aber sie waren einfach zu erbeuten und schmeckten besser, als Raja vermutet hatte. Und da viele dieser Tiere schlecht hörten oder erst gar keine Ohren hatten, musste man beim Anschleichen auch nicht besonders geschickt sein, wie Makan mit lautem Schmatzen erklärte.

Hier brauchte man kein zweites Gesicht, um jagen zu können, ein knurrender Magen war die einzige Voraussetzung – und Raja ertappte sich dabei, dass er sich ganz wohl dabei fühlte. Luku und Makan wussten zwar, dass er der Sohn eines Königs war, aber es schien ihnen ziemlich egal zu sein. Sie erwarteten nichts von ihm, wie Biru es tat, und sie nahmen ihm auch kein Versprechen ab, wie seine Mama es getan hatte. Für sie war er einfach nur ihr Kumpel Raja, der mit ihnen durch den nächtlichen Wald tollte. Und während sie ihm zeigten, was man alles fressen konnte, ohne dass sich einem dabei der Magen umdrehte, beschützte er sie ganz einfach dadurch, dass er ein Tiger war.

Raja hatte so viel Spaß wie schon lange nicht mehr, vielleicht sogar wie noch nie zuvor in seinem Leben. Von ihm aus hätte die Nacht noch lange so weitergehen können, aber irgendwann war sie wie jede Nacht zu Ende. Und spätestens, als im Osten der neue Tag heraufdämmerte, war mit Luku und Makan nicht mehr viel anzufangen. So spritzig und aufgekratzt die beiden zu Beginn der Nacht gewesen sein mochten – als der Morgen anbrach, wurden sie so müde, dass man Angst haben musste, sie würden auf der Stelle umkippen. Sie wollten sich nur noch einen Ast auf einem Baum suchen, auf den sie sich schlafen legen konnten. Vorher jedoch machten die beiden noch ihre Ankündigung wahr und brachten Raja zu Ayah.

Der Tiger hauste am Ende einer engen Schlucht, die so von Wurzeln und Schlingpflanzen überwachsen war, dass sie eine Art natürliches Dach bildeten. Wer den Schlupfwinkel nicht kannte, der würde ihn vermutlich niemals finden, und natürlich fragte sich Raja gespannt, wer der Herr dieser seltsamen Behausung sein mochte. Als er Ayah dann schließlich erblickte, war ihm klar, weshalb der Tiger in einer versteckten Schlucht leben musste. Nicht, weil er es unbedingt so wollte – sondern weil er gar nicht anders konnte.

Ayah war alt.

Schrecklich alt.

Seine Gestalt war mager und knochig, sein fahlgelbes Fell an einigen Stellen von Räude befallen. Das Haar an den Pranken und im Gesicht war ergraut, seine Barthaare hingen herab, einer seiner Eckzähne war abgebrochen. Zudem schien er nur noch auf einem Auge sehen zu können, das andere war grau und blind.

Bäuchlings lag er auf einem von Moosgeflecht beschatteten Felsen. Über ihm im Geäst turnten Languren und machten dabei einen Höllenlärm. Kein Tiger von Welt hätte sich so etwas bieten lassen, aber Ayah war wohl anders. Den Alten störte es anscheinend nicht, er war damit beschäftigt, sich durch einen kleinen Berg Beute zu futtern, den er vor sich liegen hatte. Gerade wollte Raja fragen, was es damit auf sich hatte, als Luku und Makan jeder etwas auf den Felsen legten – der Maki eine Fledermaus, die er zwar erlegt, aber offenbar nicht aufgefuttert hatte, der Bär eine tote Echse.

»Hallo, Ayah«, grüßte Luku freundlich.

»Guten Morgen«, erwiderte der Tiger, der die Besucher erst jetzt zu bemerken schien, und unterbrach seine Mahlzeit.

»Wir haben dir was mitgebracht«, sagte Makan feierlich. »Obwohl ich selber noch immer hungrig bin«, fügte er mit einem bedauernden Blick auf die tote Echse hinzu.

»Ich danke euch«, erwiderte Ayah nickend.

»Ihr ... ihr gebt ihm von eurer Beute ab?«, fragte Raja fassungslos.

»Klar, warum nicht?«, gab Luku zurück. »Wir teilen unsere Beute mit Ayah, dafür dürfen wir in seinem Revier leben, und er beschützt uns.«

»Aber da-das ...«, stammelte Raja. Von einer solchen Absprache hatte er noch nie etwas gehört. »Das ist eines Tigers unwürdig!«, platzte es schließlich aus ihm heraus.

»Findest du?« Makan legte die ohnehin schon runzelige Stirn noch mehr in Falten. »Aber du hast letzte Nacht doch auch mit uns rumgehangen?«

»Na ja«, erwiderte Raja ausweichend und ein bisschen verlegen, »ich bin ja auch noch nicht erwachsen. Aber wenn ich einmal groß bin, werde ich mein eigenes Revier haben und mir richtiges Futter jagen.«

»Richtiges Futter?« Luku machte große Augen, und Makans ohnehin schon faltige Stirn zerknitterte sich noch mehr. »Was soll das denn nun wieder heißen? Vorhin war es dir doch noch gut genug, oder nicht?«

»Ich meine, ein Tiger sollte nicht darauf angewiesen sein, dass man ihm Futter bringt«, erklärte Raja. Er war so fassungslos, dass er gar nicht merkte, wie er seine beiden neuen Freunde beleidigte. »Er sollte selbst jagen.«

»Schau an«, meinte Ayah. Er hob neugierig das Haupt, jedoch ohne Raja dabei anzusehen. »Und wer ist es, der solch stolze Worte spricht?«

»Sein Name ist Raja«, antwortete Luku. »Wir haben ihn am Strand gefunden.«

»Gefunden?«

»Ja«, bestätigte Makan. »Die Krabben hätten ihn aufgefressen, wenn wir nicht gekommen wären.«

»Nein«, widersprach Raja, »so ist das nicht gewesen. Ich hatte mich nur kurz hingelegt, um mich ein wenig auszuruhen.«

»Wie auch immer«, sagte Ayah, dessen Stimme sich alt und müde anhörte, »du scheinst eine ziemlich hohe Meinung von dir zu haben, mein junger Freund. Komm näher, damit ich mir dich ansehen kann.«

»Kannst du mich denn nicht sehen?«, fragte Raja, den höchstens ein halber Sprung von dem alten Tiger trennte.

»Nicht so gut, wie ich gern möchte. Mein linkes Auge ist völlig blind«, erklärte Ayah, auf das trübe Auge deutend, »und mein rechtes ist ebenfalls nicht mehr das, was es einmal war.«

»Das tut mir leid«, beeilte sich Raja zu versichern.

»Das ist auch der Grund dafür, dass wir anderen für ihn jagen«, fügte Luku erklärend hinzu. »Mit nur einem Auge ist Ayah dazu nicht in der Lage. Wir kümmern uns daher um ihn und versorgen ihn mit Nahrung – und dafür dürfen wir in seinem Revier leben und haben unsere Ruhe.«

»Verstehe«, meinte Raja. Er hielt sich mit einer Pranke ein Auge zu – und erschrak. Mit nur einem Auge sah seine Umgebung völlig anders aus. Alles war plötzlich gleich nah oder gleich weit entfernt, es war unmöglich, eine Entfernung einzuschätzen und dann zum Sprung anzusetzen. Kein Wunder, dass der alte Ayah nicht mehr jagen konnte – er hatte das Gesicht des Jägers verloren!

»Man gewöhnt sich daran«, sagte der Alte und fraß weiter. »Hast du mir denn auch etwas mitgebracht, Raja?«

»Äh – nein«, gab Raja zu. »Ich wusste nicht, dass ...«

»Er kennt die Regeln noch nicht«, erklärte Luku. »Aber er möchte gern einer von uns werden.«

»Welche Regeln denn?«, fragte Raja.

»Die Regeln der Verlorenen«, antwortete Ayah. »Jedes Tier, das in dieser Schlucht lebt, trägt einen Teil zu unserer Gemeinschaft bei. Nur so können wir überleben. Was also ist dein Beitrag, Raja?«

»Ich, äh ...« Raja überlegte fieberhaft, aber ihm fiel nichts Gescheites ein.

»Du hast nichts, was du zu unserem Zusammenleben beitragen kannst?«, fragte Ayah streng. »Und da urteilst du über andere?«

»E-es tut mir leid«, sagte Raja geknickt.

»Er ist kein schlechter Jäger«, ergriff Luku für ihn Partei. »Hast du nicht unlängst selbst gesagt, dass wir einen zweiten Tiger ganz gut brauchen könnten?«

»Habe ich das?« Ayah machte ein nachdenkliches Gesicht. »Nun, dann wird es wohl stimmen. Lasst mir den Neuen da, damit ich ihm ein wenig auf den Reißzahn fühlen kann. Ihr anderen könnt euch schlafen legen.«

Das ließen sich der Maki und der Bär nicht zweimal sagen. Die beiden trollten sich und verschwanden im nächstbesten Baum. Bald war von dort nur noch ein dumpfes Schnorcheln zu hören.

Raja blickte ihnen sehnsüchtig nach. Am liebsten hätte er sich auch aufs Ohr gelegt und von der nächtlichen Jagd ausgeruht. Aber er fühlte den strengen Blick von Ayahs verbliebenem Auge auf sich ruhen.

»Du willst also ein Verlorener sein?«, fragte der alte Tiger nach. »Im Dienst für andere Tiere?«

»Ich denke schon«, erwiderte Raja etwas eingeschüchtert.

»Warum?«, fragte Ayah und begann, sein dünn gewordenes Fell mit der Zunge zu reinigen. »Was hat ein junger Tiger, der noch dazu ein weißes Fell hat, in meinem Revier zu suchen?«

»Ich bin ein ... Wanderer«, erklärte Raja nach kurzem Zögern.

»Ach ja? Und wohin bist du gewandert?«, erkundigte sich der Alte mit heiterem Knurren.

»Ich wollte zur Insel der Bayangai.«

»Ah«, machte Ayah, während er sich weiter das Fell leckte. »Da will jemand ein Schattenkrieger werden und sich Ruhm und Ehre erwerben.«

»Na und?«, fragte Raja gereizt, der das Gefühl hatte, dass sich der Alte über ihn lustig machte. »Was verstehst du denn schon von solchen Dingen?«

»Nichts«, gab Ayah gelassen zu. Er hörte auf, sein Fell zu säubern. Sein verbliebenes Auge schaute Raja durchdringend an. »Aber wenn du eigentlich zur Insel der Bayangai wolltest, wieso bist du dann hier? Warum treibst du dich mit Koboldmakis und Malaienbären herum, wo du doch längst mit Tigern und schwarzen Panthern zusammen sein könntest?«

»Weil ...«, begann Raja zögernd.

»Ja?«

Raja seufzte.

Es hatte ja doch keinen Sinn, es zu leugnen. Früher oder später würde der Alte es ohnehin herausfinden.

Und wenn er tatsächlich bleiben wollte, musste Raja ehrlich sein. Ehrlichkeit, hatte seine Mama ihm beigebracht, war die Grundlage von allem ...

»Weil sie mich nicht haben wollten«, erwiderte er zerknirscht. »Niemand will mich haben«, fügte er noch etwas leiser hinzu und ließ den Kopf sinken.

»Sie haben dich abgewiesen?«

Raja nickte wortlos.

»Ich verstehe«, meinte der Alte. »Abgewiesen zu werden ist nicht schön. Man fühlt sich missachtet und ausgeschlossen, nicht wahr?«

Raja nickte wieder.

»Ich kenne das Gefühl«, versicherte Ayah. »Vielleicht kann ich dir helfen.«

»Und wie?« Überrascht blickte Raja auf. »Kannst du mir vielleicht die Antwort auf das Rätsel sagen, das man mir gestellt hat? Weißt du, welche Kreatur des Dschungels dem Großen Drachen die liebste ist?

»Nein«, entgegnete der Alte. »Aber ich könnte dich ausbilden.«

»Was?«

»Ich könnte dich ausbilden«, wiederholte Ayah seinen Vorschlag. »Luku hatte recht, als er sagte, dass ich nach einem jungen Tiger suche. Nach jemandem, dem ich all das hier hinterlassen kann, wenn meine Zeit gekommen ist.«

»Du?«, fragte Raja und sah den räudigen Tiger ungläubig an. »Du willst mich ausbilden?«

»So ist es.«

Einen Augenblick lang starrte Raja den Alten nur an, abgemagert und schwach, wie er da vor ihm lag – dann stieß er ein spöttisches Knurren aus.

»Ist das dein Ernst?«

»Natürlich«, sagte Ayah. »Was sagst du dazu?«

»Dass es verrückt ist!«, platzte Raja heraus. »Wie willst du mir etwas beibringen? Wie willst du mir zeigen, wie ich das Gesicht des Jägers finde, wenn du es selbst verloren hast? Da war ja Biru noch ein besserer Lehrer als du – und der ist ein Gecko!«

»Schade, dass du es so siehst«, meinte Ayah und machte ein trauriges Gesicht.

»Komm schon, nimm es nicht persönlich«, sagte Raja schnell. »Ich weiß, dass du es gut mit mir meinst, alter Tiger. Aber deine Hilfe kann ich nicht annehmen. Ein großer Krieger braucht einen großen Lehrer – und ich will der größte und gefährlichste von allen werden, das habe ich versprochen.«

»Wem?«

»Meiner Mutter«, erwiderte Raja. »Sie war es, die mich zu den Bayangai geschickt hat. Sie hat gesagt, dass Tigerauge mein Lehrer sein soll, aber offenbar ist er nicht mehr am Leben. Doch ich muss trotzdem auf diese Insel, unbedingt. Ich muss es schaffen, dort angenommen und zum Schattenkrieger ausgebildet zu werden.«

»Dann viel Glück, junger Tiger«, sagte Ayah, und als ob nichts gewesen wäre, wandte er sich wieder seinen Schlangen und Fledermäusen zu.

14

Plapperschnabel

Inmitten der Schlucht suchte Raja nach einem Schlafplatz – allerdings war das gar nicht so einfach.

Denn in Ayahs Schlucht waren viele Tiere zu Hause, und sie alle gaben dem alten Tiger von ihrer Beute ab und standen dafür unter seinem Schutz. So wimmelte es in den Bäumen von Languren, deren rotes Fell im Licht der Vormittagssonne wie Feuer leuchtete; auf dem Boden tummelten sich Schuppentiere und Fasane, und im Unterholz hielten sich Spitzhörnchen und ein Kleinkantschil auf. Obwohl es ihm schwerfiel, widerstand Raja der Versuchung, ihm nachzujagen und es zu erlegen. Ayah hätte es sicher nicht gern gesehen, und solange sich Raja im Revier des alten Tigers aufhielt, war es ein Gebot der Höflichkeit, sich an die Regeln zu halten.

Als er endlich ein ruhiges Plätzchen gefunden hatte, ließ er sich erschöpft dort nieder. Sonnenlicht fiel in hellen Schäften durch das Gewirr der Wurzeln und warf helle Lichtflecke auf das Laub, auf dem sich Raja niederließ.

Die Begegnung mit dem alten Tiger hatte ihn nachdenklich gemacht. Obwohl Ayah ihn freundlich aufgenommen hatte, ertappte sich Raja dabei, dass er ihn verachtete. Was Ayah tat, widersprach allem, was man Raja gelehrt hatte. Tiger waren die Herren des Regenwaldes! Sie machten nicht mit Kantschils und Schuppentieren gemeinsame Sache, und sie ließen sich auch nicht von anderen Tieren ihr Futter bringen!

Im Nachhinein schämte sich Raja fast dafür, dass er die ganze Nacht mit einem Koboldmaki und einem Malaienbären umhergestreift war und es ihm sogar noch Spaß gemacht hatte! Was hatte er sich nur dabei gedacht, zu den ›Verlorenen‹ gehören zu wollen, einer Gruppe von Tieren, die sich in den Schutz eines gebrechlichen alten Tigers geflüchtet hatte? Was hätte seine Mutter wohl dazu gesagt? Hatte sie ihm nicht eingeschärft, dass er niemals vergessen sollte, wer er war?

»Ich bin Raja, Sohn von König Eisfell«, murmelte er leise vor sich hin, so als müsste er es wiederholen, um es nicht zu vergessen. »Ich bin zu Höherem geboren als dazu, nachts umherzustreunen und nach leichter Beute zu suchen! Ich habe eine Mission zu erfüllen, das bin ich meinem Vater schuldig ... und Mama auch«, fügte er leiser hinzu.

Er legte den Kopf auf die Vorderpfoten. Wenn seine Mutter zurückkam, dann sollte sie allen Grund haben, stolz auf ihn zu sein. »Ich muss zurück zur Insel der Bayangai«, sagte er zu sich selbst, »und ich muss es schaffen, dort aufgenommen zu werden, ganz gleich, was es kostet. Ich muss die Antwort auf das Rätsel finden, ganz egal, wie ...«

Ein Flattern unmittelbar neben ihm riss ihn aus seinen Gedanken. »Kannst du nicht aufpassen?«, fuhr er den Elfenblauvogel an, der sanft auf dem Boden aufsetzte.

Der Vogel flatterte noch einmal, dann legte er seine Flügel an, und starrte Raja aus roten Augen herausfordernd an. »Bitte vielmals um Verzeihung«, krächzte er. »Ich bin Mata. Einige hier nennen mich auch Plapperschnabel, auch wenn ich nicht weiß, wieso.«

»Ja, wieso nur?«, knurrte Raja und verdrehte die Augen. »Kannst du mich dann jetzt bitte wieder in Ruhe lassen? Ich will mich ausruhen.«

»Ich weiß«, entgegnete der Vogel, dessen schwarz-blaues Federkleid im einfallenden Sonnenlicht glänzte. »Ich habe schließlich gehört, was du gesagt hast.«

»Du hast mich belauscht?«

»Mein gestreifter Freund«, erklärte der Blauvogel, »wenn du hier leben willst, wirst du dich daran gewöhnen müssen, dass es hier nur wenig Raum für Privates gibt. Ayahs Kinder leben auf sehr engem Raum zusammen.«

»Ayahs Kinder?«

»Die Verlorenen«, drückte Mata es anders aus. »Klingt ein bisschen theatralisch, oder nicht?«

»Finde ich nicht«, widersprach Raja, ohne genau zu wissen, was der Vogel meinte.

»Du willst also zur Insel der Bayangai? Ein Schattenkrieger werden?«

»Was geht dich das an?«

»Warum denn so feindselig, Raja, Sohn von Eisfell?«, fragte der Vogel. Die roten Augen sahen Raja bedeutungsvoll an. »Keine Sorge, dein kleines Geheimnis ist bei Mata gut aufgehoben. Ich bin absolut vertrauenswürdig, das kannst du mir glauben.«

Das bezweifelte Raja zwar, aber was er gesagt hatte, hatte er nun einmal gesagt, er konnte es nicht rückgängig machen. Was musste er auch Selbstgespräche führen?! »Und?«, fragte er nur.

»Vielleicht kann ich dir helfen«, meinte der Vogel.

»Was du nicht sagst.« Raja knurrte abfällig, sein Schwanz plusterte sich. »Willst du womöglich auch mein Lehrer werden? Dann stell dich am besten hinten an ...«

»Nein, das hatte ich eigentlich nicht vor«, erwiderte Mata und hob beleidigt das Haupt. »Aber so wie du gelaunt bist, weißt du meinen Rat offenbar nicht zu schätzen. Dann leb wohl.« Er breitete die Flügel aus und schickte sich an, wieder davonzuflattern.

»Warte!«, hielt Raja ihn zurück. »Was für einen Rat?«

»Willst du das wirklich wissen?«

»Und ob.« Raja hob den Kopf, um zu zeigen, dass er interessiert war.

»Also schön. Du hast vorhin von einem Rätsel gesprochen ...«

»Und?«, fragte Raja. »Kennst du etwa die Antwort?«

»Das nicht. Aber ich weiß, wer die Antwort wissen könnte. Sie könntest du fragen.«

»Wen? Wie heißt sie?«

»Ihr Name ist Menganga – und sie ist ein Krokodil.«

»Ein Krokodil?« Raja zuckte instinktiv zurück. Eines der ersten Dinge, die man ihm beigebracht hatte, war, dass man um Krokodile besser einen großen Bogen machte. Die riesigen gepanzerten Echsen gehörten zu den wenigen Tieren des Dschungels, die auch Tigern gefährlich werden konnten.

»Es lebt inmitten der Sümpfe, wo der Fluss in das Große Wasser mündet«, erzählte Mata. »Und wie es heißt, kennt Menganga die Antwort auf alle Fragen – selbst auf solche, die die Zukunft betreffen.«

»Du meinst, sie kann hellsehen?«

»Es gibt Tiere, die so etwas behaupten«, stimmte der Blauvogel zu. »Auf jeden Fall aber kennt Menganga die Lösung deines Rätsels, da bin ich ganz sicher.«

»Hm«, machte Raja nur. Sein letzter Aufenthalt in den Sümpfen war ihm nicht in besonders guter Erinnerung geblieben. Und da hatte er sich nur an dessen Rand befunden ...

»Du kannst natürlich auch hierbleiben und dir weiter die Sonne auf den Pelz scheinen lassen«, fuhr Mata fort. »Aber dann wirst du die Lösung vermutlich nie erfahren, und die Insel der Schattenkrieger wird dir für immer verschlossen bleiben. Es ist deine Entscheidung.«

Raja überlegte. Konnte das ein Zufall sein?

Eben noch hatte er verzweifelt darüber nachgedacht, wie er es schaffen konnte, auf der Insel Aufnahme zu finden, und nun flatterte dieser geschwätzige Vogel herbei und brachte ihm die Lösung. Das musste ein Wink des Schicksals sein, der Atem des Großen Drachen!

Zugegeben, der Gedanke, schon wieder aufbrechen zu müssen und sich geradewegs in den Schlupfwinkel eines Krokodils zu begeben, gefiel ihm ganz und gar nicht. Aber hatte er nicht eben noch verzweifelt nach einer Möglichkeit gesucht, das Rätsel zu lösen? Dies war die Chance, auf die er gewartet hatte! Wenn er sie nicht nutzte, dann verdiente er es nicht besser, als sich hier zusammen mit den anderen zu verstecken.

Er musste an Ayah denken, an das traurige Dasein, das der alte Tiger fristete, von der Natur und den anderen Tieren geduldet. Raja wollte nicht auch so enden.

Er wollte das Versprechen einlösen, das er seiner Mutter gegeben hatte – und das konnte er nicht, wenn er jetzt den Schwanz einzog und hierblieb.

Er musste gehen.

Jetzt.

In einem jähen Entschluss sprang er auf. »Danke«, sagte er zu dem Elfenblauvogel und nickte ihm zu. »Das werde ich dir nie vergessen, Freund.«

»Es war mir ein Vergnügen«, krächzte Mata zurück, flatterte in die Höhe und setzte sich auf eine Wurzel. Von dort aus schaute er zu, wie Raja sich auf den Weg machte, durch die Schlucht und hinaus in den Dschungel.

Und der Vogel fragte sich, was Eisenkralle ihm wohl für diese Information geben würde ...

15

Mengangas Rachen

Die Reise in die Sümpfe war einfacher, als Raja es sich vorgestellt hatte. Anfangs hatte er sich noch davor gefürchtet, allein im Dschungel unterwegs zu sein. Aber je weiter er sich von Ayahs schützender Schlucht entfernte, desto freier fühlte er sich, und ihm wurde klar, dass es gar nicht so schlimm war, auf sich allein gestellt zu sein.

Da er keine Ahnung hatte, wo genau sich die Sümpfe befanden, musste er nach dem Weg fragen. Eine Horde Affen gab ihm bereitwillig Auskunft, und so wandte er sich Richtung Osten. Wenn er hungrig wurde, ging er auf die Jagd und fing sich etwas; wo er die Nähe einer Schlange wahrnahm oder in das Gebiet eines Leoparden eindrang, da machte er einen Bogen, weil er genau wusste, dass er in einem Kampf der Unterlegene gewesen wäre. Als die Dämmerung hereinbrach und der Tag sich dem Ende neigte, suchte er nach einem geschützten Platz, wo er sich zusammenrollte und endlich ein wenig schlafen wollte.

Aber er konnte nicht.

Das Wissen, dass niemand da war, der über seinen Schlaf wachte, ließ ihn einfach nicht zur Ruhe kommen. Die Geräusche des nächtlichen Waldes, die grässlichen Rufe und Schreie, die durch die Dunkelheit drangen, hielten ihn wach, von den auf ihn einströmenden Gerüchen ganz zu schweigen. Schließlich erklomm er einen Baum und legte sich auf einen dicken Ast. Und hier fand er endlich etwas Schlaf – einen Schlaf allerdings, der unruhig war und von Albträumen durchsetzt.

Raja sah seine Mutter, die vor etwas auf der Flucht war und schreckliche Angst zu haben schien, denn sie blickte sich immer wieder um – und er sah Eisenkralle, der ihr auf den Fersen war, die grässliche Klaue gefährlich schwingend. Raja sah ihn näher kommen, immer näher, Mordlust in den gelben Augen ...

»Nein!«

Mit einem Aufschrei schreckte Raja aus dem Schlaf – nur um festzustellen, dass schon heller Tag war. Sonnenlicht fiel durch das grüne Blätterdach, die Schreie der Nacht waren verstummt. Mit den Hinterläufen voraus kletterte Raja vom Baum herunter und war froh, wieder unten zu sein. Indem er sich ein Frühstück

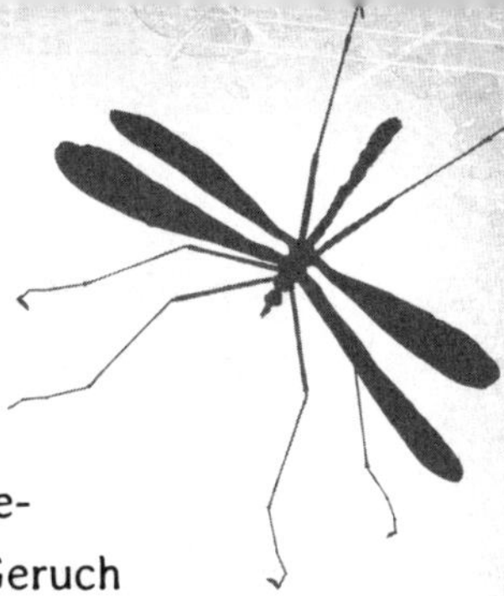

erjagte und es verzehrte, gelang es ihm, die düsteren Gedanken der Nacht zu vertreiben. Gestärkt und ausgeruht setzte er seine Reise fort.

Es dauerte nicht lange, bis sich in die vielen Gerüche des Dschungels auch der vertraut-faulige Geruch von Sumpfland mischte und Raja sagte, dass er auf dem richtigen Weg war.

Prompt veränderten sich bald auch die Bäume.

Die hohen Tualangs blieben zurück, dafür wurde das Unterholz wirrer und dichter. Farne und Flechten versperrten den Durchgang, nicht selten musste Raja Umwege nehmen. Der Boden begann unter seinen Tritten zu schmatzen, aber Raja wusste nun, wie trügerisch das welke Laub sein konnte, und war auf der Hut. Oftmals wanderte er über umgestürzte, von Moos bewachsene Stämme, die wie Brücken in der grünen Wildnis lagen. Die Feuchte, die die heiße Luft durchdrang, setzte ihm zu, ebenso wie die Mücken, die in Schwärmen unterwegs waren und nach seinem Blut dürsteten. Anfangs versuchte er sie noch abzuwehren, dann gab er es auf. Schließlich gelangte er an einen ersten Flussarm, den er kurzerhand durchschwamm. Als er das trockene Ufer erreichte, saß dort ein Linsang auf dem Baum, dessen schwarz-weiß gestreifter Schwanz wie ein Strick herunterhing. Der Linsang schien sich auf seinem hohen Posten sicher zu fühlen, denn er machte keine Anstalten, vor Raja die Flucht zu ergreifen.

»Du da«, rief Raja zu ihm hinauf. »Ist das der Weg zu Menganga?«

»Allerdings«, bestätigte das seltsam aussehende Tier, das selbst nicht zu wissen schien, ob es mehr Affe oder mehr Katze war.

»Deshalb solltest du rasch umkehren. Menganga hat nämlich eine Schwäche für junge Tiger.«

Rajas Fell sträubte sich vom Rücken bis zur Schwanzspitze. »Wenn schon«, gab er sich trotzdem unbeeindruckt, »ich brauche eine Auskunft von ihr.«

»Du suchst Wissen?« Der Linsang meckerte leise. Es klang wie Gelächter. »Dann bist du an der richtigen Stelle. Menganga weiß vieles – aber sie verlangt einen hohen Preis dafür, wenn du verstehst.«

»Ist mir egal«, behauptete Raja. »Ich muss zu ihr.«

»Dann leb wohl, junger Tiger«, sagte der Linsang, zog seinen langen Schwanz ein und verschwand den breiten Ast hinauf. »War schön, dich kennengelernt zu haben.«

»Vielleicht sehen wir uns ja wieder«, rief Raja ihm hinterher.

»Unwahrscheinlich«, drang es aus den Blättern zurück.

Raja fuhr sich mit der Zunge über die Zähne und nahm Witterung auf. Er konnte etwas wahrnehmen, das er so noch nie zuvor wahrgenommen hatte. Es roch uralt und dabei so bedrohlich, dass er am liebsten schnurstracks umgekehrt wäre. Trotzdem zwang er sich dazu weiterzugehen – nicht nur, weil der Linsang sich sonst über ihn lustig gemacht hätte, sondern vor allem, weil er eine Antwort wollte. Des Rätsels Lösung, er wollte sie erfahren.

Raja kämpfte seine Furcht nieder. Vorsichtig schlich er weiter, durchquerte einen weiteren Flussarm und gelangte so ins Herz des Sumpflands. Abermals veränderte sich die Pflanzenwelt. Große Mangroven ragten nun inmitten des Wassers auf. Ihre Wurzeln sahen aus wie hohe Stelzen und bildeten ein wahres Labyrinth, in dem man leicht verloren gehen konnte. Raja orientierte sich am Stand der Sonne sowie an dem Geruch, der drohend und unheilvoll über den Sümpfen lag, und der immer stärker wurde, je weiter er nach Osten vordrang. Die Bewegungen, die er in seiner Umgebung wahrnahm, wurden immer spärlicher. Hier, in dieser toten und kargen Landschaft, schienen nur noch wenige Tiere zu leben. Er näherte sich seinem Ziel.

Dem Schlupfwinkel Mengangas.

Hohes Gras wuchs zwischen den Wasserläufen und den Mangroven. Raja duckte sich dahinter. Seine schneeweiße, mit dunklen Streifen versehene Gestalt verschmolz fast mit dem Gras, sodass er kaum zu sehen war, während er sich dem nächsten Flussarm vorsichtig näherte. Plötzlich lichtete sich das Gras jedoch, und er erreichte eine Lichtung, auf der es niedergetrampelt worden war. Dort lag etwas, das Raja vor Entsetzen das Blut in den Adern gefrieren ließ.

Knochen!

Die Überreste eines Tapirs und mehrerer Muntjaks.

Vermutlich hatten sie sich im Sumpf verirrt und waren dem Krokodil in die Falle gegangen.

Raja hielt den Atem an.

Menganga musste ganz in der Nähe sein. Der Gestank war kaum noch auszuhalten. Und war da nicht eine Bewegung im hohen Gras? Ja, etwas bewegte sich langsam und schwerfällig vorwärts. Etwas, das sehr groß war und sehr alt ...

Eine Schneise führte von der Lichtung durch das hohe Gras zum nahen Wasser.

Raja folgte ihr, doch er war auf der Hut. Seine Tigersinne waren geschärft wie nie zuvor. Langsam schlich er voran. Da, ein

Plätschern! Etwas glitt ins Wasser und schwamm nun fast lautlos durch den Wald der Mangroven.

Menganga.

Wie ein Echo, einer dunklen Zauberformel ähnlich, hallte der Name des Krokodils in Rajas Kopf wider. Sein Herz schlug heftig, sein Fell war gesträubt, sein Körper bereit zum Sprung. Ob zum Angriff oder zur Flucht, wusste er noch nicht.

Endlich erreichte er das Ende der Schneise.

Unmittelbar vor ihm verlief der Fluss – blaugrünes Wasser, aus dem das Gewirr der Mangroven ragte. Wo, beim Großen Drachen, mochte das Krokodil bloß stecken? Wie sollte er es nur finden?

Raja entschloss sich für den direkten Weg.

»Menganga!«, rief er laut. »Wo bist du?«

Er ließ den Blick über die Wasserfläche schweifen, doch weder regte sich etwas noch bekam er eine Antwort.

»Menganga! Ich bin Raja, König Eisfells Sohn! Und ich bin gekommen, weil ich eine Frage an dich habe!«

Noch immer regte sich nichts. Raja stand unentschlossen da. Was sollte er tun? Wieder umkehren? Bleiben und warten? Was, wenn die Nacht hereinbrach? Hier gab es weit und breit keinen Baum, auf den er klettern konnte oder ...

Als Raja den Schatten unterhalb der Wasseroberfläche bemerkte, stieß er ein Keuchen aus und machte einen Satz zurück. Unmittelbar vor ihm tauchte das Krokodil aus den grünen Fluten auf.

Es war riesig, sehr viel größer, als Raja erwartet hatte, beinahe doppelt so lang wie ein ausgewachsener Tiger. Der Panzer auf seinem Rücken wirkte fast wie Gestein, und tatsächlich hatte sich Moos darauf festgesetzt. Der lange Schwanz des Krokodils lag reglos im Wasser. Der Körper mit den kurzen, krallenbewehrten Beinen bot an sich schon einen furchterregenden Anblick. Noch schrecklicher jedoch war der riesige, spitz zulaufende Schädel anzusehen, der eigentlich nur aus einem Maul mit Zähnen zu bestehen schien, mit Reihen mörderischer, kreuz und quer stehender Zähne. Die gelben Reptilienaugen mit der senkrechten Pupille starrten Raja an.

»Menganga!«, entfuhr es ihm.

Das Krokodil sagte noch immer nichts, sondern musterte ihn nur weiter. Ein Teil von Raja wäre am liebsten davongelaufen, doch ein anderer Teil sagte ihm, dass er bleiben musste, trotz seiner Angst und des bestialischen Gestanks, der von der riesigen Echse ausging. Er war ganz kurz vorm Ziel, er brauchte nur noch die entscheidende Frage zu stellen ...

»Du«, knurrte das Krokodil jetzt. Seine Stimme klang, als käme sie aus einem tiefen Abgrund. »Hast du es etwa gewagt, nach mir zu rufen?«

»Äh ... ja«, gestand Raja. »Mir wurde gesagt, dass du die Antworten auf viele Fragen kennst.«

»Auf viele, das ist wahr«, räumte das Krokodil ein. Es klang müde, erschöpft ... unendlich alt. Fast bekam Raja ein wenig Mitleid.

»Ich habe einen weiten Weg hinter mir«, sprach er weiter, »denn auch ich möchte dich etwas fragen.«

»Was willst du wissen?« Menganga keuchte spöttisch. »Willst du etwas über deine Zukunft erfahren, weißer Tiger?«

»Nein«, versicherte Raja. »Ich brauche nur die Antwort auf eine einfache Frage.«

»Und wie lautet sie?«

Raja holte tief Luft und nahm all seinen Mut zusammen. »Ich möchte wissen, welches Tier unter allen Kreaturen des Dschungels dem Großen Drachen das liebste ist«, verkündete er.

»Aha«, machte das Krokodil.

»Aha, was?«, fragte Raja verwirrt.

»Da begehrt jemand Aufnahme in den erlauchten Kreis der Bayangai«, stellte Menganga fest, unverhohlenen Spott in der kehligen Stimme.

»Woher weißt du das?«

»Weil es die Frage ist, die sie jedem Neuankömmling stellen.«

»Ist das wahr?« Raja kam sich auf einmal schrecklich dumm vor. Hatten folglich alle anderen, die bei den Schattenkriegern aufgenommen worden waren, die Antwort auf diese Frage gewusst? War er der Einzige, der versagt hatte? Und wieso wusste Menganga davon?

»Argloser kleiner Tiger«, knurrte das Krokodil gönnerhaft, »mir scheint, du weißt sehr viel nicht. Warum sollte es dir da weiterhelfen, wenn ich dir ausgerechnet auf diese eine Frage antworte?«

»Bitte«, drängte Raja. »Es ist wirklich wichtig!«

»Wichtig«, echote das Krokodil. »Immerzu ist alles außerordentlich und wichtig für euch Tiger. Ihr haltet euch für die Herren des Dschungels, und so benehmt ihr euch auch. Dabei gibt es Wesen, die so viel mächtiger und älter sind als ihr. Wusstest du, dass meinesgleichen bereits lebte, als das Angesicht der Welt noch ein anderes war? Als die Tiger noch nicht einmal eine Ahnung waren und riesige drachengleiche Kreaturen die Erde beherrschten?«

»Nein«, gab Raja zu, »das wusste ich nicht.«

»Und doch glaubst du, dass eine einzige Antwort dich klüger machen könnte?«

»Ich brauche diese Antwort«, beharrte Raja. »Denn ohne sie kann ich das Versprechen nicht einlösen, das ich gegeben habe, verstehst du?«

»Ein Versprechen hast du gegeben?« Das Krokodil grollte leise. »Das ändert die Dinge natürlich.«

»Wirklich?«, fragte Raja hoffnungsvoll. »Dann wirst du mir die Antwort sagen?«

»Ich werde sie dir zeigen«, korrigierte Menganga ihn. »Vermagst du sie zu sehen, so ist sie dein. Siehst du sie nicht, so bist du unwissend und wirst es auch immer bleiben. Bist du bereit, dich dieser Prüfung zu stellen?«

»Ja«, behauptete Raja – was hätte er auch sonst sagen sollen? Aber tief in seinem Inneren hatte er schreckliche Angst. Nicht vor dem Krokodil, sondern davor, erneut zu versagen.

»Dann tritt näher«, forderte Menganga ihn auf und glitt selbst ein wenig zurück. »Blicke ins Wasser und sage mir, was du dort siehst.«

»I-ins Wasser?«, fragte Raja verunsichert.

»Sieh hinein«, bekräftigte Menganga. »Die Antwort ist dort verborgen.«

Raja nahm all seinen Mut zusammen und tat, wie ihm geheißen. Er trat an den äußersten Rand des Ufers und beugte sich vor, konnte im dunklen Wasser des Flusses jedoch nichts erkennen.

»Ich sehe nichts«, meinte er enttäuscht.

»Beug dich weiter vor«, kam es barsch zurück. »Und sieh gefälligst genauer hin!«

Raja verlagerte sein Gewicht auf die Vorderbeine, soweit er es wagen konnte, ohne Übergewicht zu bekommen und kopfüber in den Fluss zu stürzen. Und plötzlich sah er tatsächlich etwas im Wasser – nämlich sich selbst.

»Mich kann ich sehen«, rief Raja aus. »Mein Bild, das sich im Wasser spie...«

Weiter kam er nicht.

Denn in diesem Moment gischtete das Flusswasser auf, und wie eine Naturgewalt brach Menganga daraus hervor. Mit einer Schnelligkeit, die einer Kreatur ihres Alters nicht zuzutrauen war, schnellte die Panzerechse aus dem Wasser, warf ihren klobigen Schädel herum und versetzte Raja dadurch einen so harten Stoß, dass er das Gleichgewicht verlor und ins Wasser fiel.

Er tauchte unter und brauchte einen Moment, um sich zu orientieren. Mit allen vieren paddelnd, kam er wieder an die Oberfläche und schnappte nach Luft – doch schon erschien ein dunkler Schatten über ihm, der wie ein Felsbrocken auf ihn fiel und ihn unter Wasser drückte.

Menganga!

Raja spürte seine Lungen brennen. Er wollte zurück an die Oberfläche, aber er konnte nicht, unnachgiebig hielt ihn das Krokodil unter Wasser. Hilflos schlug er mit den Pranken um sich, dann verließen ihn auch schon die Kräfte. Seine Gegenwehr erlahmte, und ihm wurde schwarz vor Augen – und im nächsten Moment verlor er das Bewusstsein.

Menganga zögerte keine Sekunde. Sie packte ihn und schleppte ihn davon in ihr Versteck. »Willkommen«, knurrte sie dabei, »in Mengangas Rachen.«

16

Blutdurst

Der Palast von Astana hatte schon bessere Zeiten gesehen.

Einst, zu den Zeiten der Takrambuti, hatten große Herrscher hier gelebt; später dann, nachdem ihre Macht geschwunden und ihr Glanz verblasst war, hatten die Tiger den Palast bewohnt – große Könige, die über viele Generationen hinweg weise und gerecht über den Dschungel geherrscht hatten.

Der letzte von ihnen war Eisfell gewesen, der Weiße König, wie man ihn genannt hatte, ehe die Dunkelheit über den Regenwald gekommen und Eisenkralle an die Macht gelangt war. Unter seiner Herrschaft hatte sich alles verändert.

Willkür hatte Einzug gehalten in Astana – und mit ihr die Furcht. Die Gesetze der Natur, die einst das Leben im Dschungel bestimmt hatten, waren außer Kraft gesetzt. Makakenaffen hatten sich überall im Palast breitgemacht, die ehrwürdigen Gewölbe hallten wider von ihrem Geschrei und ihren Lügen. Spione gingen im Palast ein und aus, Spitzel, die dafür bezahlt wurden, im Dschungel Augen und Ohren offen zu halten und ihresgleichen zu verraten.

Und Eisenkralle war der Grund für all dies Unrecht. In der Halle der Könige, deren Decke zur Hälfte eingestürzt war, sodass steinerne, von Schlingpflanzen überwucherte Säulen als abgebrochene Stümpfe in die Höhe ragten, hielt der Herrscher des Regenwalds Hof – auf dem großen steinernen Thron, auf dem einst schon die Herrscher der Takrambuti gesessen hatten.

Von hier aus verbreiteten er und seine Handlanger Furcht und Schrecken. Wer sich dagegen auflehnte, der wurde getötet, und es kam nicht von ungefähr, dass viele Tiere lieber freiwillig Opfer brachten, als in der Wildnis gejagt zu werden. Denn Eisenkralle jagte nicht aus Pflicht, aus Hunger oder weil die Not ihn dazu trieb.

Sondern aus purem Vergnügen.

Dem König, der seine Macht seiner mörderischen Klaue verdankte, bereitete es Freude, andere Kreaturen zu quälen und zu sehen, wie sie vor ihm zitterten. Deshalb genoss er es auch, auf dem Thron zu sitzen und seine Untertanen zu empfangen – und dabei die Furcht in ihren Augen zu erkennen.

»Als Nächstes die Schuppentiere«, kündigte Tombak an, der königliche Kastellan. Wie die meisten Tiere in Eisenkralles Hofstaat war auch Tombak ein Makake – klein, untersetzt und mit einem spitzen Bart, zu dem sich seine langen Kinnhaare zwirbelten. Um größer zu wirken, pflegte er stets aufrecht zu gehen, wobei er sich auf einen Stab aus Bambus stützte. Diesen benutzte er auch dazu, die Besucher im Palast anzukündigen, indem er damit auf den steinernen Boden schlug. Das brüchige, von Säulen getragene Gewölbe hallte vom Klang des Bambusstabs wider, da betrat auch schon ein Rudel Schuppentiere die Halle. Eisenkralle verzog das Gesicht. Er hatte diese spitznasigen, von einer Schuppenhaut überzogenen Kreaturen noch nie besonders gemocht.

Außer vielleicht zum Frühstück ...

Die Schuppentiere wirkten ängstlich. Ihre Schnauzen bebten, und man konnte ihnen ansehen, dass sie sich am liebsten Schutz suchend zusammengerollt hätten. Eingeschüchtert schlichen sie durch das Spalier der Makaken, die sich über sie lustig machten und sie verspotteten. In respektvollem Abstand vor dem Thron blieben sie stehen.

»Was wollt ihr?«, rief Eisenkralle ihnen entgegen.

»Wir, die Schuppentiere aus der Familie des grünen Tualang, entbieten Euch unseren Gruß, König Eisenkralle«, sagte eines der Tiere, das die anderen offenbar zum Sprecher bestimmt hatten. »Wir sind stolz, Euch unseren Tribut entrichten zu dürfen.«

Ihre Reihen teilten sich, und ein Schuppentier kam zum Vorschein, das alt und ziemlich dürr aussah – und obendrein ziemlich unglücklich. Die anderen stießen es mit den Schnauzen an, sodass es wohl oder übel vortreten musste.

Eisenkralle verzog das Gesicht. »Sehr fett bist du nicht gerade«, stellte er fest.

»Es war eine harte Zeit«, erwiderte der Sprecher anstelle des Angesprochenen. »Wir Schuppentiere mussten um unser Überleben kämpfen.«

»Wie viele andere auch«, versetzte Tombak gehässig. »Doch an den Opfergaben für unseren Herrscher darf nicht gespart werden. Oder wäre es euch lieber, er würde wieder auf die Jagd gehen und womöglich in einer einzigen Nacht gleich zwei oder drei von euch fangen?«

»Nei-nein!«, versicherte das Schuppentier entsetzt, und seine Artgenossen zogen sich erschrocken zurück. »Wir bitten Euch, König Eisenkralle, nehmt unser Opfer an!«

Eisenkralle streckte sich auf dem Thron, dann hob er die Pranke mit der metallenen Klinge. »Diesmal will ich Gnade vor Recht ergehen lassen«, verkündete er. »Aber ihr solltet nicht vergessen, dass ihr mir etwas schuldet!«

»Das werden wir nicht«, erwiderte der Sprecher des versprengten Häufleins, »ganz sicher nicht.«

Eisenkralle nickte nur, worauf zwei Makaken kamen, die das Opfertier abführten. Die übrigen Schuppentiere zogen sich kleinlaut aus dem Thronsaal zurück, wobei sie abermals von den Affen verspottet wurden.

»Als Nächstes«, wollte Tombak soeben ankündigen und ließ erneut seinen Bambusstab sprechen, »folgt der Tribut der Baumka...«

»Einen Augenblick!«, rief jemand dazwischen – und durch das Spalier der Wachen kam kein anderer als Pedang, ihr Anführer.

Auf seinen langen Armen katapultierte er sich voran, seine gelben Augen leuchteten. Offenbar brachte er Neuigkeiten.

»Was gibt es?«, erkundigte sich Eisenkralle schon von Weitem. »Seid ihr endlich fündig geworden?«

»Nein – und ja, Hoheit«, erwiderte Pedang. Selbst der Anführer der Makaken blieb in respektvollem Abstand vom Thron stehen und bezeugte seinen Respekt, indem er sich tief verbeugte. Dabei drehte er den Kopf so, dass er den König trotzdem noch ansehen konnte.

»Wie soll ich das verstehen?«, knurrte Eisenkralle. »Du redest wirres Zeug – wie immer.«

»Nicht dieses Mal«, versicherte Pedang, und seine finstere Miene hellte sich auf. »Denn ich weiß, wo sich Eisfells Sohn befindet!«

»Du weißt, wo …?« Nun blitzte es auch in Eisenkralles Augen. Mit einem heiseren Brüllen und indem er herrisch den Kopf hin und her warf, bedeutete er seinem Hofstaat, die Königshalle zu verlassen.

Die Makaken waren die Ersten, die beinahe fluchtartig das Weite suchten. Dann kamen die wenigen anderen Arten, die sich außer ihnen am Hofe des Königs tummelten – Schlangen, Warane und noch einige mehr. Lediglich Tombak blieb zurück, schon weil er eifersüchtig war, wenn Pedang allein mit dem König sprach. Die beiden Makaken gehörten zwar derselben Art an, aber das hielt sie nicht davon ab, erbitterte Gegner zu sein und einander so ziemlich alles zu missgönnen.

Als sie endlich unter sich waren, kam Eisenkralle direkt zur Sache. »Also«, begann er. »Was ist mit Eisfells Sohn?«

»Er wurde gesehen«, gab Pedang bekannt.

»Von wem?«

»Mata.«

»Dieser dämliche, ewig schnatternde Blauvogel?«, fragte Tombak. Die Backen in seinem ohnehin schon breiten Gesicht plusterten sich. »Der lügt doch, sobald er den Schnabel aufmacht!«

»Diesmal nicht«, war Pedang überzeugt. »Er ist extra zu mir gekommen, um mir von dieser Sache zu erzählen. Vermutlich sucht er Euch zu gefallen, Hoheit.«

»Und was sagt er?«, verlangte Tombak zu wissen, dem es ganz und gar nicht gefiel, dass Pedang etwas wusste, was er als königlicher Kastellan nicht wusste.

»Er weiß, wohin Eisfells Sohn verschwunden ist.«

»Und?«

Pedang genoss es, dass sowohl sein Rivale als auch der König ihn fragend anschauten. »Er ist bei Menganga«, eröffnete er dann feierlich.

»Bei Menganga?« Als Eisenkralle den Namen hörte, richtete er sich auf dem Thron auf. »Bist du sicher?«

»Plapperschnabel würde es nicht wagen, mich zu belügen. Er weiß, was ihm sonst blüht.«

»Menganga«, wiederholte Eisenkralle – und sprang vom Thron.

»Hoheit!«, rief Tombak aus. »Wohin wollt Ihr?«

»Wohin wohl – zu Menganga natürlich.«

»Und warum?«, fragte Pedang. »Um Eisfells Sohn zu retten? Seid doch froh, wenn das alte Weib ihn auffrisst, dann seid Ihr ihn los!«

»Dummkopf!«, blaffte Eisenkralle ihn an. »Ich will nicht, dass Eisfells Sohn gefressen wird! Ich will ihn selbst töten, verstehst du das nicht? Ich will, dass der ganze Dschungel weiß, dass ich der König bin und mir die Herrschaft von niemandem streitig machen lasse, ganz gleich, welche Farbe sein Fell trägt!«

Damit wollte er den Thronsaal verlassen.

»Aber Hoheit!«, widersprach Pedang abermals. »Bedenkt, dass der direkte Weg in die Sümpfe geradewegs durch das Revier des alten Ayah führt ...«

»Und?« Eisenkralle schüttelte unwirsch den Kopf.

»Der Dschungelfriede darf nicht ohne Grund gebrochen werden, so will es das Gesetz des Großen Drachen«, erklärte der Kastellan mit weit aufgerissenen Augen.

»Das schert mich nicht!«, knurrte der Tiger und wischte mit der Klaue durch die Luft. »Ich mache meine eigenen Gesetze – und wenn dieser räudige alte Narr sich mir in den Weg stellt, dann wird er meine Pranke zu spüren bekommen!«

»Aber Hoheit ...«

»Genug«, brüllte Eisenkralle so laut, dass Tombak das Gleichgewicht verlor und auf seinem Hinterteil landete. Pedang kicherte schadenfroh. »Ich bin König und niemand sonst – und der Tag ist gekommen, an dem ich das aller Welt beweisen werde!«

Damit machte er einen weiten Satz, sprang auf einen der Säulenstümpfe und von dort durch das offene Dach hinaus in den Dschungel, den Sümpfen entgegen.

Er hatte ein Treffen mit Eisfells Sohn.

17

Unverhofftes Wiedersehen

Das Erste, was Raja wahrnahm, war der Gestank.

Er kroch in seine Nase und rüttelte ihn wach, so beißend und durchdringend war er – Tod und Fäulnis, schlimmer als tausend Stinkblumen zusammen.

Raja wurde übel. Er würgte und spuckte, und aus seinem Rachen schoss lauter Wasser, das er offenbar geschluckt hatte. Er keuchte und rang nach Atem, und halb überrascht wurde ihm auf einmal bewusst, dass er noch am Leben war. Blinzelnd sah er sich um.

Es war dunkel. Ohne seine Tigeraugen, mit denen er nachts besonders gut sehen konnte, hätte Raja nicht das Geringste erkennen können. Doch so konnte er sehen, dass er sich in einer Art Höhle oder Bau befand. Die Decke war niedrig, die Wände bestanden aus getrocknetem Erdreich und Schlamm – und es gab keinen Ausgang. Dafür bestand die Hälfte des Höhlenbodens aus Wasser, durch das man in die Behausung gelangte – vorausgesetzt, man konnte tauchen wie ein Fisch. Und da waren Knochen ...

Überall lagen sie herum, die traurigen Überreste von Tieren, die vor Raja das zweifelhafte Glück gehabt hatten, in dieser Behausung zu Gast zu sein.

Es war Mengangas Höhle.

Raja wusste, dass Krokodile ihre Beute normalerweise verstecken, um sie dann irgendwann in aller Ruhe aufzufressen. Ganz sicher rechnete Menganga nicht damit, dass er noch am Leben war, er wunderte sich ja selbst darüber.

Flucht!

Der Gedanke war stärker als alles andere. Raja musste versuchen, aus der Höhle des Krokodils zu entkommen – bloß wie? Das Wasser schien der einzige Weg zu sein, aber Raja war nun mal kein Fisch; und selbst wenn er tauchen könnte, hätte er nicht gewusst, in welche Richtung er sich wenden sollte. Was, wenn ihm unterwegs die Luft ausging und er elend ertrank? Raja war noch dabei, seine Möglichkeiten abzuwägen, als er etwas scharren hörte.

Menganga!, dachte er panisch.

Das Krokodil kam zurück!

Instinktiv zog er sich in den hintersten Winkel der Höhle zurück, wartete nur darauf, dass der Schatten des Ungeheuers im Wasser erscheinen und das große Maul mit den fürchterlichen Zähnen auftauchen würde.

Sein Fell war aufgeplustert, das Herz schlug ihm bis zum Hals, während er voller Panik auf das Wasser starrte – doch plötzlich bröckelte etwas von der Höhlendecke herab, geradewegs auf Rajas Kopf.

»Was ...?«

Er sah nach oben. Noch mehr trockenes Erdreich rieselte herab, und plötzlich fiel ein greller Lichtstrahl ein, so grell, dass es ihn blendete. Und dann war plötzlich etwas Spitzes zu sehen, das sich in die entstandene Öffnung bohrte.

Zähne, lang und spitz wie Dolche!

Raja erschrak und sprang auf, doch schon im nächsten Moment wurde ihm klar, dass das keine Zähne waren, sondern Klauen. Klauen an einer Pfote mit dunklem, fast schwarzem Fell.

So unmittelbar, wie sie aufgetaucht war, verschwand die Pfote auch wieder, und ein kleiner, türkisblauer Kopf mit orangeroten Sprenkeln erschien. Die Augen des Geckos blickten sich wachsam um, seine winzigen Nasenlöcher zuckten, während er witterte. »Hat mein Geruchssinn mich doch nicht getäuscht«, stellte er fest. »Es stank erbärmlich nach Krokodil. Aber ein bisschen Tiger war auch dabei.«

»Biru!«

Raja konnte es nicht fassen. Seine Erleichterung, den kleinen Berater wiederzusehen, so unerwartet und an diesem fürchterlichen Ort, kannte keine Grenzen. Er sprang hoch, wobei er sich den Kopf an der niedrigen Decke stieß, aber das war ihm egal, derart außer sich war er vor Freude.

»Still doch!«, zischte Biru. »Die alte Dame ist ganz in der Nähe, und wir wollen sie nicht stören, geck-gecko.«

»Ja«, stimmte eine andere, krächzende Stimme zu, und ein zweites Gesicht erschien in der Öffnung. Es war fellbedeckt und kugelrund, und es hatte zwei riesige Augen, die ihn munter anstarrten. »Sie wäre sicher nicht begeistert, wenn sie wüsste, dass wir ihr Abendessen befreien!«

»Luku«, stieß Raja hervor, fassungslos vor Freude. Jetzt war ihm auch klar, wem die Pfote mit den langen Klauen gehört hatte. »Makan!«

»Hey«, feixte der Koboldmaki, »du hast uns schon wieder erkannt!«

»Natürlich«, erwiderte Raja atemlos, der gar nicht fassen konnte, was hier passierte. »Ihr seid gekommen ... meinetwegen!«

»Ja, so was nennt man Freundschaft«, erklärte Luku.

»Jetzt sollten wir uns allerdings beeilen, geck-gecko«, mahnte Biru, »sonst bekommt Menganga nicht nur ihr Abendessen, sondern auch noch einen kräftigen Nachschlag!«

»Ich könnte auch Nachschlag brauchen«, grummelte es von draußen. »Ich hab nämlich Hunger.«

»Später«, wehrte Biru ab. »Jetzt wird erst mal geck-geck-gebuddelt!«

Auf seinen Befehl hin begannen alle drei wie wild zu graben, wobei die langen, schaufelartigen Klauen des Malaienbären ungleich mehr Erdreich beiseiteschafften als die winzigen Pfoten des Geckos und des Makis. Die Öffnung, die sie ins Dach des Krokodilnests gebohrt hatten, wurde rasch größer. Raja half noch von innen mit, und schon nach kurzer Zeit war sie groß genug, um einen Ausbruchsversuch zu wagen. Raja griff mit den Vorderpfoten hinauf, steckte den Kopf durch das Loch und stellte sich auf die Hinterbeine, um den Rest seines Körpers hinterherzuschieben.

»Menganga! Da kommt sie!«, zischte Biru in diesem Moment.

Raja blickte sich um. Das Krokodilnest befand sich am Flussufer, inmitten des hohen Grases. Durch die Halme konnte er den langen, walzenförmigen Körper sehen, der lautlos durch das Wasser glitt, dem Bau entgegen.

»Los doch, beeil dich!«, drängte Luku.

Raja gab sich alle Mühe, durch das Loch zu schlüpfen, aber es gelang ihm nicht. Er steckte fest, und seine Beine zappelten unten in der Luft, während seine Pfoten vergeblich nach Halt suchten.

»Komm schon«, meinte Luku und packte ihn kurzerhand am Backenfell, so als wollte er ihn selbst herausziehen – aber abgesehen davon, dass es schrecklich ziepte, brachte das gar nichts.

»Sie ist untergetaucht!«, vermeldete Biru. »Jeden Augenblick wird sie in ihrer Höhle wieder auftauchen! Schnell, Raja! Du musst dich beeilen.«

Raja war verzweifelt. Vorwärts konnte er nicht, und zurück ebenfalls nicht. Schon hörte er unter sich ein Brodeln. Jeden Augenblick würde Menganga aus dem Wasser kriechen, und dann ... Mit der Kraft der Verzweiflung startete er einen letzten Versuch. Er fuhr die Klauen aus, rammte sie in das Dach der Behausung und zog, so fest er konnte – und plötzlich war er frei! Wie eine riesige gestreifte Biene schoss er aus der Öffnung und flog ein Stück durch die Luft, ehe er an der Außenwand der Krokodilshöhle herabrutschte und sich überschlug. Seine Freunde riss er dabei mit, sodass sie sich alle vier im hohen Gras wiederfanden, ein wildes

Gewirr aus Fell und Schuppen und Streifen und Punkten. Doch zum Glück waren sie alle unverletzt.

»Aua«, stöhnte Luku und befühlte seinen schmerzenden Kopf. »Ist noch alles beisammen?«

Niemand gab ihm Antwort – dafür war aus dem Loch in der Höhle ein grässlicher Schrei zu hören.

»Uuuuh!«, tönte es. »Wer war das? Mörder, Räuber, Diebesgesindel! Wo ist meine Beute? Wer hat Menganga bestohlen ...?«

Die Freunde verzichteten darauf, ihr diese Frage zu beantworten, und traten lieber schleunigst die Flucht an. Raja wartete noch, bis Biru auf seinen Rücken geklettert war, dann rannte er los. Makan hastete ihm watschelnd hinterher, während Luku es vorzog, mit riesigen Sätzen durch die Luft zu springen, den langen Schwanz einmal mehr als Ruder benutzend.

Hals über Kopf ergriffen sie die Flucht und rannten, so schnell es ging. Noch lange konnten sie das Gezeter des Krokodils hinter sich hören.

Irgendwann jedoch wurde es still.

Und Raja wusste, dass er gerettet war.

18

Im Hinterhalt

Erst als die Dunkelheit über den Dschungel hereingebrochen war, gönnten sich die Freunde eine Rast.

Erschöpft sanken Raja und Makan im Laub nieder, während Luku und Biru es vorzogen, auf einen knorrigen Wurzelstamm zu klettern. Raja konnte hören, wie der Gecko tief Luft holte und zu einer Strafpredigt ansetzte.

»Bin ich froh, euch wiederzusehen!«, kam Raja ihm zuvor.

»Wir auch«, räumte Biru ein. »Trotzdem ...«

»Ich dachte schon, es wäre aus mit mir!«

»Das wäre es auch gewesen, wenn wir nicht ...«

»Danke, dass ihr mich gerettet habt.«

»Bitte sehr, aber dennoch ...«

»Es tut mir leid«, gestand Raja leise.

»Was?« Biru stieß pfeifend Luft aus.

»Es tut mir leid«, wiederholte Raja.

»Das sind ja ganz neue Töne! Was genau meinst du?«

»Einfach alles«, versicherte Raja. »Dass ich so eingebildet war und so hochnäsig. Dass ich gedacht habe, Tiger wären besser als andere Tiere.« Er blickte traurig vor sich hin. »Sind sie nicht, das weiß ich jetzt. Ich habe gedacht, ich könnte alles allein schaffen, aber das stimmt nicht. Ohne eure Hilfe hätte mich das Krokodil nämlich aufgefressen.«

»Ratzeputz«, stimmte Luku zu.

»Ihr drei habt mir das Leben gerettet, gleich mehrmals hintereinander«, fuhr Raja fort. »Zuerst Biru bei der Schlange. Dann ihr beide bei den Krabben, und jetzt schon wieder – und ich habe die ganze Zeit nur an mich gedacht. Das war wirklich blöd von mir.«

»Genau«, stimmte Biru zu. »Besser hätte ich es auch nicht sagen können.«

»Ach komm schon«, ermahnte Luku ihn, »sei nicht so streng mit Raja. Wir alle haben doch schon mal Dummheiten gemacht, oder etwa nicht?«

»Ja«, stimmte Makan zu. »Zum Beispiel vor Hunger.«

»Ihr seid so nett zu mir«, fuhr Raja fort, »das habe ich eigentlich gar nicht verdient. Ihr hattet völlig recht – wer bin ich denn schon? Auf der Insel der Bayangai wollten sie mich nicht haben, und Menganga hätte mich um ein Haar gefressen – und ausgerechnet ich will es mit Eisenkralle aufnehmen?«

»Genau das wollte ich sagen«, pflichtete Biru bei. »Du musst ...«

»Ich weiß«, sagte Raja seufzend, »ich muss noch viel lernen. Und es tut mir leid, dass ich nicht schon viel früher damit angefangen habe. Du hast es immer nur gut mit mir gemeint, Biru, von Anfang an. Aber ich war zu eingebildet und zu dämlich, um das zu verstehen. Bitte verzeih mir.«

»Ja nun«, meinte der Gecko, dem offenbar nichts mehr einfiel, worüber er sich aufregen konnte, »wenn das so ist, dann ...«

»Ich wusste eure Freundschaft nicht zu schätzen«, sagte Raja bedrückt, »deshalb habe ich mich heimlich davongeschlichen. Aber ihr seid trotzdem gekommen, um mich zu retten – das werde ich euch niemals vergessen.«

»Besser wär's«, stimmte Biru zu, doch er lächelte dabei.

»Wie habt ihr mich eigentlich gefunden?«

»Nun, zufällig habe ich mitbekommen, dass sich Mata der Blauvogel und Pedang der Makake getroffen haben«, erklärte Biru. »Und da Pedang selten Gutes im Schilde führt, dachte ich mir, es könnte sich lohnen, diese Unterhaltung zu belauschen – und ich habe recht behalten. Die beiden sprachen nämlich über dich.«

»Über mich?«, fragte Raja erstaunt.

»Mata verkündete stolz, dass er dich zu Menganga geschickt hätte, worauf Pedang natürlich sofort loszog, um dies seinem Herrn und Meister zu berichten.«

»Seinem Herrn und Meister? Wer ist das?«

»Eisenkralle natürlich«, erwiderte Biru zu Rajas Entsetzen. »Pedang ist der Anführer seiner Makakenkrieger.«

»Aber dann ...«

»... war es eine Falle, in die man dich absichtlich gelockt hat, ja«, bestätigte der Gecko. »Und es hätte nicht viel gefehlt, und sie wäre zugeschnappt.«

»Und ich dachte, der kleine Blauvogel meint es gut mit mir«, flüsterte Raja.

»Mata meint es vor allem mit Mata gut«, entgegnete Luku. »Nicht von ungefähr nennen wir ihn Plapperschnabel. Dem Kerl ist nicht zu trauen.«

»Ich würde ihn fressen«, meinte Makan dazu, um ein wenig leiser hinzuzufügen: »Aber er ist zu schnell für mich.«

»Als ich erfuhr, was geschehen war, habe ich Luku und Makan zu Hilfe gerufen«, fuhr Biru fort. »Dann haben wir uns auf den Weg in die Sümpfe gemacht in der Hoffnung, dass du noch am Leben bist.«

»Und ich Dummkopf habe gedacht, ich könnte es ganz allein schaffen«, meinte Raja kopfschüttelnd.

»Gemeinsam ist man immer stärker«, erklärte Luku. »Wir kleinen Tiere lernen diese Lektion schon ganz früh.«

»Jetzt habe ich sie auch gelernt«, versicherte Raja. »Und ich werde sie niemals wieder vergessen. Das verspreche ich euch.«

Nachdem sie sich ausgeruht hatten, setzten sie ihren Weg durch den nächtlichen Wald fort, wobei Luku und Makan jeweils kurze Abstecher ins Unterholz unternahmen, um sich mit Futter zu versorgen. Auch Biru griff den einen oder anderen Nachtschwärmer aus der Luft und gönnte sich eine Stärkung. Nur Raja jagte nicht. Sein Appetit war ihm fürs Erste vergangen, er musste nachdenken.

Was sollte er nun anfangen?

Die Antwort auf Senjatas Frage kannte er noch immer nicht, Menganga hatte ihn zum Narren gehalten – und er konnte sich kein zweites Mal auf der Insel blicken lassen, ohne die Lösung des Rätsels zu wissen.

Was sollte er also sonst tun? Wen konnte er fragen? Oder musste er sich allmählich damit abfinden, dass der Zutritt zur Insel ihm für immer verwehrt bleiben würde? Vielleicht hatte er ja auch gar nicht das Zeug zu einem Schattenkrieger. Wahrscheinlich war es am besten, wenn er zusammen mit den anderen zurückkehrte in Ayahs Revier und sich dort versteckte ...

In solche Gedanken war Raja versunken, als der Morgen über dem Dschungel anbrach.

Der Sternenhimmel verblasste, und fahles Licht sickerte von Osten durch das dichte Dach der Bäume. Die Geräusche der Nacht verstummten – und Luku und Makan wurden plötzlich bleiern müde. Während der Koboldmaki bloß Mühe hatte, seine großen Augen noch offen zu halten, torkelte der Malaienbär umher, als ob er vergorene Früchte gefressen hätte. Da sie immer noch ein gutes Stück Weg von Ayahs Revier trennte, wollten sie sich gerade einen Baum zum Schlafen suchen, als Raja etwas witterte.

Es war ein Geruch, den er bereits einmal wahrgenommen, eine Gegenwart, die er schon einmal gespürt hatte – damals, an jenem schrecklichen Tag in den Bergen, als er seine Heimat verloren und seine Mutter zum letzten Mal gesehen hatte.

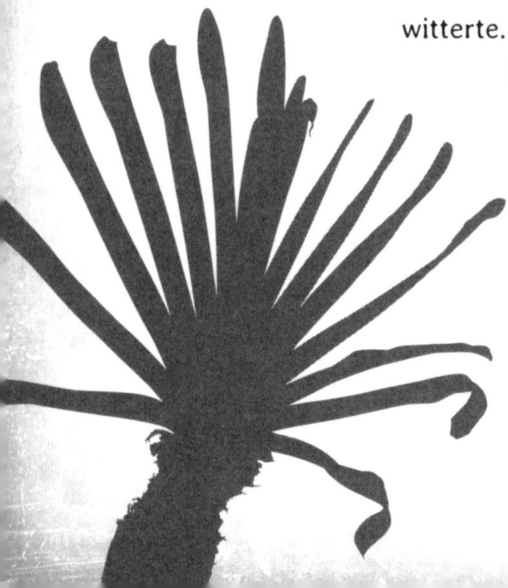

Es war ein Gefühl von Tod und Bedrohung, das Raja überkam, und mit dem er einen ganz bestimmten Namen verband: Eisenkralle.

»Schnell, versteckt euch!«, raunte er seinen Freunden zu.

»Ja, ja«, gab Luku schläfrig zurück. »Aber schnell geht heute gar nichts mehr, dass das mal klar ist.«

»Ich mein's ernst«, zischte Raja. Die Zähne hatte er gefletscht, die Ohren senkrecht aufgestellt. Auch sein Schwanz signalisierte, dass er aufs Äußerste angespannt war.

»Was ist denn los?«, fragte Biru von seinem Rücken aus.

»Riechst du das denn nicht?«, fragte Raja. »Eisenkralle ... Er muss in der Nähe sein!«

»Eisenkralle, geck-gecko? Bist du sicher? Ich rieche nichts!«

»Er ist es.« Raja war sich ganz sicher. »Ich spüre seine Anwesenheit.«

»Eisenkralle ist ein verschlagener Jäger«, erwiderte der Gecko flüsternd. »Wenn du ihn so deutlich wahrnehmen kannst, ist er vermutlich bereits ...«

»Schönen guten Morgen, Freunde!«

Raja und seine Freunde zuckten zusammen.

Sie blickten nach oben, von wo die raue, drohende Stimme gekommen war, und dort erblickten sie ihn: einen ausgewachsenen, riesengroßen Tiger.

»Wen haben wir denn da?«, fragte Eisenkralle mit hämischem Grinsen. »Wenn das nicht unser verlorener Prinz ist ...«

19

Das Duell

Die vier Freunde standen völlig reglos da. Vor Schreck und Entsetzen wie erstarrt blickten sie auf den Tiger, der so unvermittelt vor ihnen aufgetaucht war.

Eisenkralles Fell hatte die Farbe von Feuer, mit blutig roten Sprenkeln am Rücken, die Streifen darauf waren gezackt wie Blitze. Seine Augen loderten vor ungestilltem Blutdurst, und an seiner Klaue prangte die eiserne Waffe, die in Wirklichkeit noch um ein Vielfaches grässlicher und tödlicher aussah als in allen

Erzählungen, die Raja je gehört hatte. Eine Aura von Tod und Verderben umgab ihn, Raja konnte nicht anders, als sich vor ihm zu fürchten – anders als Biru, der von seinem Rücken sprang und sich schützend vor ihn stellte.

»Eisenkralle!«, zischte der Gecko.

»Sieh an, wer ist denn das?« Eisenkralle verzog das Gesicht. »Ich dachte, du wurdest längst gefressen?«

»Wie du siehst, bin ich noch am Leben«, gab Biru grimmig zurück.

»Nun, das können wir ändern«, meinte Eisenkralle gelassen. »Aber erst, wenn ich mit deinem Schützling fertig bin«, fügte er hinzu.

»Raja hat dir nichts getan«, erwiderte der kleine Gecko mit bewundernswertem Mut.

»Noch nicht«, gab Eisenkralle zu, »doch ich bin nicht so dämlich zu warten, bis er dazu in der Lage ist. Als ich hörte, dass er auf dem Weg zu Menganga ist, bin ich sofort aufgebrochen. Beinahe fürchtete ich schon, die alte Dame könnte mir zuvorgekommen sein. Aber wie ich nun sehe, waren meine Bedenken unbegründet, der Kleine erfreut sich bester Gesundheit. Was ist passiert? Habt ihr ihn aus Mengangas Rachen befreit?«

»Genau das«, bestätigte Biru.

»Zu dumm, dass es vergeblich war«, versetzte Eisenkralle hämisch. »Von einem Rachen in den anderen, das ist bitter. Aber meine Klaue dürstet nun einmal nach Blut – vor allem nach dem von weißen Tigern.«

Drohend hob er das grässliche Mordinstrument, das schon so viele Tiere das Leben gekostet hatte. Natürlich wollte er Raja damit Angst einjagen, aber er bewirkte das genaue Gegenteil. Denn als Raja die eiserne Klaue sah, musste er daran denken, dass es diese Waffe gewesen war, die seinen Vater getötet hatte. Und das machte ihn so wütend, dass er seine Furcht vollkommen vergaß.

»Scheusal!«, rief er aus und knurrte.

»Nanu?« Zum ersten Mal richtete sich Eisenkralles Blick direkt auf ihn. »Du kannst ja sprechen!«

»Und ob ich das kann«, versicherte Raja. »Und nicht nur das«, fügte er hinzu und fletschte die Zähne.

»Was du nicht sagst«, sagte Eisenkralle unbeeindruckt. »Da kriege ich ja Angst – genau wie vor deiner Mutter.«

Raja erschrak. Mama!

»Wo ist sie?«, knurrte er.

»Armer kleiner Tiger.« Eisenkralle schüttelte in schlecht gespieltem Mitleid den Kopf. »Weißt du das denn nicht? Deine Mutter ist dort, wo auch dein Vater ist – beim Großen Drachen!«

»Das ist nicht wahr!«

»Oh doch! Wir sind einander begegnet, oben in den Bergen. Leider war sie so dumm, sich mir zum Kampf zu stellen. Das hätte sie nicht tun sollen.«

»Du lügst!«, schrie Raja verzweifelt.

»Meinst du? Warum weiß ich dann, dass sie an jenem Tag bei den Weißen Zähnen war? Und dass sie dabei war, eine falsche Fährte zu legen, als ich sie fand?«

Rajas Verzweiflung wuchs. Seine Gedanken jagten einander wie hungrige Tiger ihre Beute. Wenn Eisenkralle von diesen Dingen wusste, dann konnte das nur bedeuten, dass er tatsächlich auf seine Mutter getroffen war. Und das wiederum bedeutete, dass ...

»Außerdem, mein Kleiner – diese Klaue lügt nicht«, fügte Eisenkralle hinzu und hob erneut die Mörderklaue, die jetzt noch viel grässlicher und furchterregender wirkte als zuvor. Allein der Gedanke, dass es diese Klinge gewesen war, die ...

Rajas Fell sträubte sich.

Er wollte den Gedanken abschütteln wie ein lästiges Insekt, aber es ging einfach nicht. Ohne dass er es wollte, zogen in seinem Kopf Bilder vorüber. Bilder von seiner Mutter, wie sie gegen Eisenkralle kämpfte, wie sie sich aufopferte, um ihrem Sohn die Flucht zu ermöglichen – und wie sie ihrem Gegner schließlich im Kampf unterlag ...

Raja verlor die Beherrschung. Wut, Trauer und Angst vermischten sich und sorgten dafür, dass er nicht mehr wusste, was er tat. »Du Mörder«, brüllte er Eisenkralle an. »Dafür wirst du bezahlen!« Und er hob die Pranke und fuhr die Klauen aus, was unter Tigern als Kampfansage galt.

»Raja«, raunte Biru ihm erschrocken zu. »Nicht ...«

»Sieh an«, spottete Eisenkralle von seinem hohen Sitz herab, »du bist ja schon ein richtiger Tiger. Ich hatte eigentlich damit gerechnet, dass du schreiend vor mir davonlaufen würdest – aber so macht es noch mehr Spaß.«

Man konnte sehen, wie sich die Sehnen und Muskeln unter Eisenkralles Fell spannten. Sein Schwanz peitschte hin und her, was vermuten ließ, dass er jeden Augenblick angreifen würde. »Ich will fair sein«, stieß er hervor, die gelben Augen vor Blutdurst leuchtend. »Ihr anderen dürft gehen, heute habe ich es nur auf den kleinen Prinzen abgesehen.«

»Ich bleibe!«, erklärte Biru kategorisch.

»Von dir habe ich nichts anderes erwartet«, sagte Eisenkralle. »Aber ihr beiden solltet gehen, solange ihr noch könnt«, fügte er an Luku und Makan gewandt hinzu. »Ich will euch verzeihen, dass ihr euch gegen mich erhoben habt, wenn ihr versprecht, von nun an treue Untertanen zu sein. Abgesehen davon«, fügte er mit einem abschätzigen Blick auf Luku hinzu, »bist du mir ohnehin zu mager, und du« – er bedachte Makan mit einem Seitenblick – »bist mir zu fett.«

»Echt jetzt?« Makan beugte den Kopf so weit vor, dass er durch die Vorderbeine auf seinen Bauch gucken konnte. »Und dabei hab ich schon wieder Hunger.«

»Dann hau ab!«, knurrte Eisenkralle. »Ich werde jetzt langsam bis drei zählen – wer dann nicht verschwunden ist, der bekommt meine Klaue zu spüren, verstanden? Eins ...«

Eisenkralle ging in die Hocke.

»Zwei«, rief er laut – Raja spannte ebenfalls die Muskeln und legte die Ohren an. Sein Herzschlag raste, er zitterte am ganzen Körper, doch er wusste auch, dass es keinen Ausweg gab. Er musste kämpfen!

»Drei!«

Eisenkralle wollte in grässliches Gebrüll verfallen und sich mit der Mörderklaue auf Raja stürzen – als eine andere Stimme erklang: »Warum legst du dich nicht mit jemandem an, der so stark ist wie du, Eisenkralle?«, fragte sie.

Nicht nur Eisenkralle fuhr herum, sondern auch Raja und seine Freunde – und alle konnten kaum glauben, wer da plötzlich aus dem Unterholz aufgetaucht war.

»Ayah!«, riefen Luku und Makan gleichzeitig.

Und wirklich, es war der alte Tiger.

Unerwartet war er aus dem Dickicht gekommen und stand nun auf einem abgestorbenen, von Moos überzogenen Stamm, Eisenkralle genau gegenüber. Seine Gestalt war weniger kräftig und sehnig als die des Schurken, und sein Fell war alt und fleckig. Seine Haltung jedoch verriet Stolz und Würde.

»Du hast ganz schön nachgelassen, wenn du nicht merkst, dass sich jemand nähert, Eisenkralle«, meinte Ayah gelassen. »Oder bist du vom Blutdurst schon so zerfressen, dass du nicht mehr auf deine Sinne hörst?«

Wenn Eisenkralle überrascht war, so ließ er es sich jedenfalls nicht anmerken. »Geh nach Hause, alter Tattergreis«, empfahl er Ayah spöttisch. »Mach dich nicht unglücklich, indem du dich in Dinge einmischst, die dich nichts angehen.«

Ayah warf unwillig den Kopf hin und her, sein verbliebenes Auge war ganz klein geworden. »Ich habe viel zu lange geschwiegen und zugesehen, wie du die Schwachen unterdrückst und den Dschungel in Furcht und Schrecken versetzt, Eisenkralle«, entgegnete er. »Damit ist nun Schluss. Der Junge steht unter meinem persönlichen Schutz.«

»Und das soll mich beeindrucken?« Mit einem Satz sprang Eisenkralle von dem Wurzelstock und landete auf dem Boden, nur einen halben Sprung von Raja entfernt. »Wie du willst, Alter. Dann klären wir das hier und jetzt. Meine Klaue wartet schon auf dich.«

Die Blicke Rajas und seiner Freunde flogen gebannt zwischen den beiden Tigern hin und her. So dankbar Raja dafür war, dass Ayah so plötzlich aufgetaucht war und sich für ihn einsetzte – wie wollte der alte Tiger gegen Eisenkralle gewinnen? Noch dazu, wo er auf einem Auge blind war und seine Sprünge nicht richtig abschätzen konnte!

»Warten wir es ab«, erwiderte Ayah. Beide gingen in Lauerstellung, legten ihre Ohren an, taxierten sich gegenseitig – und der Kampf begann.

Mit lautem Fauchen sprang Ayah von seinem hohen Sitz herab und stürzte sich auf Eisenkralle, der darauf nur gewartet zu haben schien. Blitzschnell ging er auf die Hinterbeine und hob die eiserne Klaue, um seinen Gegner damit aufzuschlitzen – doch Ayah war ein zu erfahrener Kämpfer, um auf einen so offensichtlichen Angriff hereinzufallen. Mit einer einzigen Prankenbewegung wischte er Eisenkralles Waffe beiseite, und im nächsten Moment gingen die beiden Tiger aufeinander los, aufrecht auf den Hinterbeinen stehend, während sie mit den Klauen aufeinander einschlugen und mit den Zähnen schnappten.

Der erste Treffer ging an Eisenkralle. Indem er einen Angriff vortäuschte, sich dann aber auf alle viere fallen ließ, setzte er vor und hieb nach Ayahs ungeschütztem Bauch. Der alte Tiger setzte zurück, aber er war zu langsam, um der Klinge ganz zu entgehen – die eiserne Klaue ritzte Fell und Haut auf, rotes Blut trat hervor. Luku schrie entsetzt auf.

Doch Ayah war noch nicht geschlagen.

Auch er ließ sich wieder auf die Vorderbeine fallen, und im Bemühen, in den

Nacken des jeweils anderen zu gelangen und ihm einen tiefen Biss zu versetzen, tauschten die beiden Tiger Hiebe und Bisse. Blut floss nun auf beiden Seiten, und obwohl deutlich zu erkennen war, dass Eisenkralle wegen seines jüngeren Alters und seiner Waffe im Vorteil war, hielt Ayah mit bewundernswertem Mut und erstaunlichem Geschick dagegen.

Wieder stieß Eisenkralle mit der Klinge zu.

»Ayah! Vorsicht!«, schrie Raja aus Leibeskräften, und tatsächlich gelang es dem alten Tiger, dem Angriff auszuweichen. Allerdings zog er sich abermals Schnitte zu, die wie rote Tigerstreifen quer über seine Schulter verliefen und entsetzlich schmerzen mussten. Ayah brach auf dem linken Vorderbein ein, am ganzen Körper blutend und schwer atmend, worauf Eisenkralle ihn höhnisch lachend umkreiste.

»Oje«, höhnte der Schurke, »wie es aussieht, geht unser kleiner Kampf allmählich zu Ende. Gibt es noch etwas, das du mir sagen willst, Tattergreis?«

Raja hatte die Zähne gefletscht. Seine Klauen waren noch immer ausgefahren, sein Schwanz peitschte heftig hin und her. Alles in ihm schrie danach, sich auf Eisenkralle zu stürzen und in den ungleichen Kampf einzugreifen – doch Ayah sah ihn an, und der Blick, der Raja traf, war eindeutig und duldete keinen Widerspruch.

Nein, sagte er.

Aus irgendeinem Grund wollte der alte Tiger nicht, dass Raja ihm zu Hilfe kam.

Raja zögerte, er war keineswegs überzeugt. Da griff Eisenkralle auch schon wieder an. Mit einem Sprung stürzte er sich auf sein am Boden liegendes Opfer, bereit, ihm die Klinge ins Herz zu stoßen – als Ayah sich plötzlich herumwarf und wieder aufrichtete. Eisenkralle, der nicht mehr rechtzeitig reagieren konnte, landete dort, wo der Alte eben noch gewesen war – und noch ehe er sich ebenfalls herumwerfen konnte, hatte Ayah ihn angesprungen und war auf seinem Rücken.

Das Haupt des alten Tigers schnellte vor, und er biss Eisenkralle in den Nacken. Der Schurke stieß einen Schrei aus, der bald darauf in ein helles Winseln überging. Wie von einer giftigen Spinne gebissen, schoss er zwischen den Bäumen hin und her, verzweifelt bemüht, seinen Gegner abzuschütteln. Das gelang ihm schließlich auch.

Ayah landete auf den Beinen, bereit, sich Eisenkralles nächstem Angriff zu stellen – aber der erfolgte nicht mehr. Heftig aus seiner Nackenwunde blutend, sprang der Tyrann auf den Stamm, auf dem Ayah zuvor gekauert hatte. Wut blitzte in seinen Augen.

»Also schön, alter Greis«, knurrte er, »für dieses Mal lassen wir es gut sein, aber ich werde wiederkehren, und dann entkommt ihr mir nicht. Weder du noch der Tiger!«

Damit fuhr er herum und setzte durch das Dickicht davon. Am liebsten wäre Raja ihm gemeinsam mit Ayah hinterher – doch in diesem Augenblick brach der alte Tiger stöhnend zusammen.

»Ayah!«

Luku, Makan und Biru eilten zu ihm. Raja warf noch einen letzten Blick auf das Unterholz, dorthin, wo Eisenkralle verschwunden war. Dann eilte auch er zu ihrem verwundeten Retter, den er nun plötzlich mit ganz anderen Augen sah.

Als er dem alten Ayah zum ersten Mal begegnet war, hatte er

nichts als Mitleid für ihn übriggehabt. Im Grunde hatte er ihn verachtet. Deshalb hatte er auch Ayahs Angebot, ihn zum Jäger auszubilden, einfach ausgeschlagen.

Doch nachdem er den alten Tiger hatte kämpfen sehen, mit nur einem Auge und gegen einen viel stärkeren und tödlichen Gegner, wusste er auf einmal nicht mehr, was er über ihn denken sollte. Der alte Ayah hatte sie alle vor Eisenkralle gerettet, das stand außer Frage. Er war ein Held – auch wenn er ganz und gar nicht wie einer aussah.

»Ayah«, stieß Luku hervor. Aufgeregt tanzte der Koboldmaki um den Kopf des alten Tigers herum, den dieser auf seinen Vorderpfoten abgelegt hatte. »Wie geht es dir?«

»Ich schätze, ich bin noch am Leben«, gab der Alte zurück, obwohl ihm anzusehen war, dass er grässliche Schmerzen litt. Die Schnittwunden, die Eisenkralle ihm beigebracht hatte, waren zahlreich und bluteten heftig.

»Du hast Eisenkralle vertrieben«, stellte Raja atemlos fest. »Du hast gesiegt!«

»Und, überrascht dich das?«, fragte der Alte nur.

»Ein ... ein wenig«, gab Raja zu. »Ich hätte nicht gedacht, dass ...«

»Was?«, fragte Ayah. Sein verbliebenes Auge blickte Raja forschend an. »Dass ich den Mut hätte, mich Eisenkralle entgegenzustellen? Dass ich noch kämpfen kann?«

Raja zögerte. Ein dicker Kloß hatte sich in seinem Hals gebildet. Er senkte den Blick und nickte nur.

»Wenn das so ist, mein guter Raja, Sohn von Eisfell und Cinta«, erwiderte der alte Ayah, »dann musst du noch viel lernen. Adel ist kein Geburtsrecht, junger Freund. Er wird durch Mut und Taten erworben.«

Erstaunt sah Raja auf. »Du ... du weißt, wer ich bin?«

»Natürlich.«

»Aber warum ...?«

»Weil es nichts ändert«, erklärte der Alte, wobei er ein Stöhnen unterdrückte. »Ist ein Tier mehr wert als ein anderes, weil es von hoher Herkunft ist? Oder ist ein Tier weniger wert, weil es einem anderen als Nahrung dient?«

»Nein«, sagte Raja leise.

»Nein«, bestätigte Ayah. »Der Große Drache liebt alle seine Kinder – wer das nicht begreift, ist nicht besser als Eisenkralle.«

Raja dachte einen Moment nach. »Das verstehe ich«, sagte er dann. Und leiser fügte er hinzu: »Danke für deine Hilfe.«

»Gern geschehen.« Der alte Tiger lachte grollend.

Dann verlor er das Bewusstsein.

20

Einsame Entscheidung

Den alten Ayah in den Schutz der Schlucht zu schleppen war ein ziemliches Stück Arbeit. Nicht nur Raja, Biru und Luku halfen mit, sondern auch ein Rudel Malaienbären, die Makan aus dem Schlaf brummte und von denen er behauptete, dass sie weitläufige Verwandtschaft seien – Cousins und Cousinen, viele von ihnen sechsten und siebten Grades. Bären schienen eine ziemlich weitverzweigte Verwandtschaft zu haben, was man von Tigern nicht gerade behaupten konnte.

Gemeinsam zogen, zerrten und schoben sie den bewusstlosen Ayah zurück nach Hause, und es war gut, dass der Waldboden von einer dicken Laubschicht bedeckt war. Denn sie sorgte dafür, dass der alte Tiger trotz des beschwerlichen Transports einigermaßen bequem lag. Es war eine Tortur für alle Beteiligten, und als sie endlich die Schlucht erreichten, legte sich Raja erst einmal schlafen.

Die ganze Nacht über waren sie unterwegs gewesen, waren aus den Sümpfen geflüchtet, und gerade in dem Augenblick, da sie sich hatten ausruhen wollen, war Eisenkralle aufgetaucht. Der Gedanke, dass der mordlüsterne Tiger hinter ihm her war, machte Raja Angst, aber ehe er darüber genauer nachdenken konnte, war er bereits eingeschlafen.

Als er aufwachte, war es bereits Nachmittag. Makan und Luku schliefen noch, sie verpennten wie immer den ganzen Tag. Raja jedoch war sofort auf den Beinen, er wollte unbedingt wissen, wie es Ayah ging. Von Sorge getrieben, suchte er den moosbedeckten Felsen auf – um erleichtert festzustellen, dass der alte Tiger wieder bei Bewusstsein war.

Noch immer sah er ziemlich mitgenommen und erschöpft aus, aber seine Wunden hatten zu bluten aufgehört und waren versorgt worden – mit einer weißlichen Paste, die üblen Gestank verbreitete. Ein Schuppentier wuselte geschäftig um ihn herum und stupste ihn hier und dort mit der langen Schnauze an, mit der es offenbar auch die Salbe aufgetragen hatte. Anscheinend blickte Raja ziemlich verdattert drein, denn Ayah sagte: »Das ist Ubat, unser Heiler.«

»Ein Schuppentier?«, wunderte sich Raja.

»Nein, ein Elefant«, entgegnete Ubat giftig. »Ich sehe nur wie ein Schuppentier aus.«

»'tschuldigung«, sagte Raja schnell.

Ayah lachte knurrend. »Der gute Ubat ist manchmal etwas mürrisch«, erklärte er. »Aber er hat das Herz am rechten Fleck und ist der beste Heiler, den du dir vorstellen kannst. Ob bei Schnittwunden, Schlangenbissen oder Insektenstichen – Ubat kennt immer ein Heilmittel.«

»Oft, aber nicht immer«, verbesserte das Schuppentier, das beim Sprechen ein wenig näselte, so wie die meisten seiner Art. »Ich kann schließlich keine Wunder vollbringen.«

»Die Salbe stinkt«, stellte Raja fest.

»Natürlich stinkt sie – sie wird aus dem Saft der Stinkblume gemacht«, schnarrte Ubat. »Aber sie hilft, die Wunde zu reinigen, und sorgt dafür, dass sich kein Fieber einstellt, verstehst du das?«

Raja verstand – und versuchte, nicht an all die Aasfliegen zu denken, die sich im Inneren der Stinkblume getummelt hatten. Die Hauptsache war, dass es Ayah wieder besser ging.

»Ubat«, wandte sich der alte Tiger an den Heiler, »könntest du Raja und mich für einen Augenblick allein lassen?«

»Wenn's sein muss«, näselte das Schuppentier und watschelte davon. Seltsamerweise schien Ayah bei seinem Anblick keinen Appetit zu empfinden. Vermutlich lag es daran, dass Ubat von der Schnauze bis zur Schwanzspitze nach Stinkblume roch – oder hatte es womöglich noch einen anderen Grund?

»Ich bin froh, dass es dir besser geht«, sagte Raja, an Ayah gewandt. »Danke noch mal, dass du uns vor Eisenkralle gerettet hast.«

»Das habe ich gern getan – auch wenn es vermutlich nicht besonders klug war, seinen Zorn auf sich zu ziehen. Diese Lektion hatte Eisenkralle längst verdient. Und noch weit mehr als das. Aber ich fürchte, dazu reichen meine Kräfte nicht mehr aus. Er ist stärker geworden, seit ich ihm zuletzt begegnet bin, stärker und noch böser, das macht ihn so gefährlich. Und da ist diese grässliche Klaue an seiner Pranke ...«

Raja nickte – und musste plötzlich wieder an seine Mutter denken. Trauer überkam ihn. Sein Fell sträubte sich, und er zog den Schwanz ein, kauerte sich auf den Boden und winselte leise. »Meine Mutter«, flüsterte er, »sie ... sie ist ...«

»Ich weiß«, sagte Ayah nur.

Es klang schrecklich endgültig.

»Aber ich ... sie ... ich brauche sie ...«

»Nein, junger Raja«, widersprach der alte Tiger. »Du bist alt genug, um auf eigenen Beinen zu stehen – und stark genug auch. Deine Mutter wusste das, als sie dich verließ, um Eisenkralle von deiner Fährte abzulenken – und du weißt es auch. Oder hast du im Ernst geglaubt, dass sie noch am Leben wäre? Dass sie irgendwann hierherkommen und du sie wiedersehen würdest? So schmerzvoll es ist, du musst sie loslassen.«

Traurig dachte Raja über Ayahs Worte nach – und musste zugeben, dass der alte Tiger recht hatte. Tief in seinem Inneren hatte Raja die ganze Zeit über gewusst, dass seine Mutter nicht zurückkehren würde. Er hatte es sich nur nicht eingestehen wollen, doch jetzt, da der alte Tiger so deutliche Worte gefunden hatte, blieb ihm keine andere Wahl mehr. All die Trauer und der Schmerz, vor denen er sich die ganze Zeit gefürchtet hatte, brachen sich jetzt

Bahn. Es tat weh, so unendlich weh ... und ohne darüber nachzudenken, was er tat, suchte Raja Trost beim alten Ayah.

Er drängte sich an ihn, so wie er es früher bei seiner Mutter getan hatte. Ayah ließ ihn gewähren, und die Nähe und der Geruch des großen alten Tigers spendeten Raja zwar wenig Trost, aber sie gaben ihm immerhin etwas Schutz und Wärme.

»Du bist nicht allein, mein Junge«, versuchte Ayah ihm mit rauer Stimme Mut zuzusprechen, »du hast hier Freunde gefunden.«

»Ja«, erwiderte Raja ziemlich kleinlaut, »aber die Bayangai wollten mich nicht auf ihrer Insel haben. Sie haben mich wieder weggeschickt ...«

»... weil du die Frage nicht beantworten konntest, die sie dir gestellt haben«, ergänzte Ayah. »Niemand kommt allwissend auf die Welt, Raja. Wir alle müssen lernen, von dem Moment an, da uns der Große Drache in die Welt entlässt, bis hin zu dem Augenblick, da wir die Augen wieder schließen.«

»Aber meine Mutter ... ich habe es ihr versprochen!«

»Und ich bin sicher, sie wäre stolz auf dich«, entgegnete der alte Tiger sehr viel sanfter, als Raja es ihm jemals zugetraut hätte. »Denn das ist sie immer gewesen.«

»Du hast sie gekannt?« Raja blickte überrascht auf.

»In der Tat.« Ayah nickte. »Ich bin einst Wächter am königlichen Hof gewesen und habe nicht nur deine Mutter gut gekannt, sondern auch deinen Vater.«

»Wirklich?« Rajas Augen glänzten wissbegierig. »Wie war er?«

»Er war der beste König, den sich der Dschungel wünschen konnte – und der mutigste Kämpfer, dem ich je begegnet bin. Auch ich war damals noch ein anderer«, fügte Ayah ein wenig traurig hinzu. »Damals hatte ich noch die Sehkraft beider Augen und das Gesicht des Jägers.«

»Aber du bist immer noch ein großer Krieger«, wandte Raja ein. »Du hast Eisenkralle besiegt!«

»Nicht wirklich, mein Junge.« Ayah schüttelte den Kopf. »Eisenkralle ist nicht nur böse, sondern auch klug. Er hat den Kampf nur aufgegeben, weil er begriff, dass er nicht gewinnen würde, ohne dabei selbst schwer verwundet zu werden. Dieses Risiko wollte er nicht eingehen. Eisenkralle weiß, dass er den Sieg sehr viel leichter erringen kann, das ist der Grund, warum er sich zurückgezogen hat, nicht, weil ich ihn in die Flucht geschlagen habe.«

»Das macht keinen Unterschied«, beharrte Raja, der bewundernd zu dem Alten aufsah. »Du hast uns gerettet, das ist alles, was zählt!«

»Ja – aber für wie lange? Die Gefahr ist längst nicht gebannt, Raja. Wir haben Eisenkralle herausgefordert, und das wird er nicht auf sich sitzen lassen. Er wird zurückkehren, um seinem Recht Geltung zu verschaffen. Und er wird das Heer seiner Makaken bei sich haben. Diese verdammten Affen sind ebenso boshaft, wie sie ihm hörig sind – und sie sind viele, Raja. Sehr viele.«

»Ich verstehe«, sagte Raja leise und überlegte, was er sagen konnte, um Ayah zu trösten, um ihm zu erklären, dass er ihm trotzdem dankbar war und ...

»So, nun ist es aber genug!«, näselte es plötzlich – Ubat kam zurück. »Der Alte mag plappern wie ein Wasserfall, aber er ist noch längst nicht wieder gesund. Er muss sich jetzt ausruhen und braucht Schlaf!«

»Da hörst du's«, meinte Ayah seufzend.

»Ich komme später wieder«, versprach Raja und trollte sich. Er verließ den Felsen und den hinteren Teil der Schlucht, der dem alten Tiger vorbehalten war.

Bei seinem ersten Besuch war ihm gar nicht aufgefallen, was für ein herrlicher Ort diese Schlucht doch war. Ein Muntjak äste, Hühner tummelten sich auf dem Boden, Kantschils kauerten im Laub, und Languren tummelten sich in den Bäumen, aus denen das Schnarchen der Malaienbären und das Zwitschern der Koboldmakis drang. Die Tiere lebten in Frieden unter Ayahs Schutz, brauchten Eisenkralles metallene Pranke nicht zu fürchten – doch das würde sich schon sehr bald ändern.

Und es war Rajas Schuld.

Diese Erkenntnis traf ihn wie ein Blitzschlag.

All diese Tiere lebten schon eine ganze Weile hier. In all dieser Zeit hatte sich Eisenkralle nicht um sie gekümmert, hatte sie in Ruhe gelassen, weil er entweder nichts von ihnen gewusst oder sich nicht für sie interessiert hatte. Aber jetzt hatte sich das geändert, und er, Raja, war der Grund dafür! Ayah selbst hatte gesagt, dass Eisenkralle zurückkehren würde, und dabei ging es ihm vor allem um Raja! Ihn wollte er vor allen Dingen aus dem Weg räumen, damit er ihm niemals den Thron streitig machen konnte.

Zuerst wollte sich Raja einfach nur im hintersten Winkel der Schlucht verkriechen. Aber dann wurde ihm klar, dass das nichts ändern würde, und er musste daran denken, welch schreckliche Zerstörung Eisenkralle und seine Makaken anrichten würden. Kein Stein würde auf dem anderen bleiben, die Schlucht würde zerstört und die Tiere, die darin lebten, getötet – das konnte Raja nicht zulassen. Das durfte er nicht zulassen!

Eisenkralle kam seinetwegen.

Wäre Raja nicht mehr da, hätte er keinen Grund, die Schlucht der Verlorenen anzugreifen ...

Rajas Entschluss stand fest.

Er würde die Schlucht verlassen. Was das für ihn selbst bedeutete, darüber dachte Raja gar nicht nach. Für ihn zählte in diesem Augenblick nur, dass Ayah, Biru, Luku, Makan und all die anderen in Sicherheit sein würden. Sie hatten ihm geholfen, hatten ihm das Leben gerettet, und das gleich mehrmals hintereinander – nun war er an der Reihe.

Noch einmal wandte er sich um und ließ seinen Blick durch die Schlucht schweifen, von dem von Blättern übersäten Boden bis hinauf zum Wurzeldach. Dann huschte er davon.

Er hatte den Ausgang der Schlucht kaum hinter sich gelassen, als er eine bekannte Stimme hinter sich hörte.

»Wohin des Wegs, gecko-gecko?«

Raja stieß einen leisen Fluch der Verwünschung aus. Langsam wandte er sich um. Biru saß auf einem großen Blatt, das unter seiner türkisblauen Gestalt sanft auf und ab wippte.

»Ich ...«, begann Raja leise. »Ich will ...«

»Ich weiß, was du willst«, versicherte der königliche Berater, und seine kleinen Augen blitzten Raja streng an. »Hast du dir das auch gut überlegt? Du wirst da draußen ganz allein und auf dich gestellt sein.«

»Ich weiß«, erwiderte Raja. »Aber mein Entschluss steht dennoch fest.«

»Dann bist du verrückt«, meckerte der Gecko – um mit einem Satz von dem federnden Blatt auf Rajas Rücken zu springen. »Völlig von Sinnen, wenn du glaubst, dass ich dich allein gehen lassen werde!«

»Aber nein«, wehrte Raja ab. »Du musst das nicht tun, Biru! Du hast schon so viel für mich getan, du ...«

»Geh-geck-gecko«, wies der Berater ihn an, um ihm leise ins Ohr zu flüstern: »Ich war noch nie so stolz auf dich.«

21

Vorwärts marsch!

»Sind deine Leute bereit, General Pedang?«

Der Affe straffte sich. Seine hagere Gestalt wurde noch größer, und sein Kopfhaar stand noch ein wenig senkrechter ab als sonst.

»Ja, Hoheit«, kreischte er schneidig von dem Baum herab, auf dem er Stellung bezogen hatte. »Das Heer der Makaken wartet auf Euren Befehl!«

»Gut.« Eisenkralle nickte. Er stand auf einer Säule auf dem Vorplatz des Palasts von Astana. Hinter ihm erhoben sich wie spitze Berge die fünf Türme des alten Königspalasts. Die Mauern waren von Pflanzen und Wurzelwerk überzogen, ebenso wie die brüchigen Säulen und Statuen, die den Vorplatz säumten. Sie alle zeugten noch von den Takrambuti, die einst über dieses Land geherrscht und Furcht und Schrecken verbreitet hatten – und genau das wollte auch Eisenkralle. Denn Untertanen, die vor Angst zitterten, würden es niemals wagen, sich gegen ihn zu erheben. Doch so wie es aussah, zitterten sie noch nicht genug.

Eisenkralles Wunden schmerzten noch immer – nicht nur der Biss im Nacken und die Klauenhiebe, die der alte Ayah ihm beigebracht hatte. Auch der Stolz des selbst ernannten Königs hatte gelitten. Ayah war ein sehr viel stärkerer Gegner gewesen, als Eisenkralle erwartet hatte. Zwar wäre es ihm sicher gelungen, den alten Tiger niederzuringen, aber der Kampf wäre noch länger und schmerzhafter geworden als ohnehin schon.

Also hatte sich Eisenkralle für eine Weile zurückgezogen – aber nur, damit er nun umso schrecklicher zurückkehren konnte. Schließlich wollte er nicht, dass sich im Urwald herumsprach, dass ein einäugiger alter Tiger den König des Dschungels in die Flucht geschlagen hatte. Eisenkralle war entschlossen, ein Exempel zu statuieren – nicht nur an dem alten Greis, sondern auch an jedem einzelnen Tier, das sich unter seinem Schutz befand.

Und natürlich an Raja, Eisfells Sohn!

Seit jener Nacht, in der Eisenkralle die Herrschaft über den Dschungel an sich gerissen hatte, war er dem Jungen zum ersten Mal wieder begegnet. Und obwohl Raja noch sehr jung und unerfahren war, hatte Eisenkralle etwas bei ihm gesehen, das ihm nicht gefallen hatte. In Rajas Augen, die ebenso blau waren wie die seines Vaters, hatte Eisenkralle Widerstand entdeckt, Mut und Unbeugsamkeit – alles Eigenschaften, die ihm eines Tages gefährlich werden konnten. Deshalb musste der Tiger sterben, zusammen mit dem alten Ayah und allen anderen, die es gewagt hatten, sich dem Willen des Königs zu widersetzen.

Eisenkralle gab einen brüllenden Befehl – und plötzlich wurde das Geäst lebendig. Überall tauchten Makaken auf, die wie überreife Früchte von den Bäumen fielen, auf dem Boden landeten und sich zu einem Haufen zusammenrotteten. Sie kreischten laut und hatten die Fäuste geballt, und einige von ihnen waren mit Bambusstöcken bewaffnet, so wie sie es auf den steinernen Bildern im Palast gesehen hatten. Schließlich waren auch die Takrambuti Affen gewesen, wenn auch sehr seltsame, denn sie waren völlig kahl gewesen und hatten sich offenbar ausschließlich auf den Hinterbeinen bewegt. Allem Anschein nach waren sie zu erstaunlichen Dingen fähig gewesen, hatten große Höhlen wie den Palast von Astana errichtet und sich Reißzähne aus Eisen geschmiedet – doch ihre Zeit war vorüber. Nun war Eisenkralle an der Macht.

Pedang sprang ebenfalls vom Baum und stellte sich an die Spitze der Horde. Er stieß einen heiseren Schrei aus, und die Affen setzten sich in Bewegung. Zunächst waren sie noch wild und ungeordnet. Aber dann begann ein Makake nach dem anderen, die Körperhaltung des Anführers einzunehmen und seinen Schritt nachzuahmen, und kurz darauf marschierten Eisenkralles Krieger nicht mehr wie viele, sondern wie ein einziger. Es war ein gleichförmiges Heer, das sich da vorwärtsbewegte, und das Geräusch, das es dabei machte, war furchterregend. Es ließ den Dschungel erzittern und erinnerte an eine Horde Elefanten, die durch das Unterholz brachen.

Auf der Säule stehend, nahm Eisenkralle die Parade seiner Soldaten ab. Er wartete, bis sie an ihm vorbeigezogen waren, dann sprang er von der Säule und folgte ihnen.

Ihr Ziel war Ayahs Revier, und der Plan stand schon fest: Während Pedang und seine Affen über den alten Tiger und dessen Schützlinge herfielen, würde Eisenkralle sich um den jungen Raja kümmern. Nach diesem Tag würde es niemand mehr wagen, sich ihm zu widersetzen. Der Widerstand würde im Keim erstickt werden, Ayahs Revier dem von Eisenkralle einverleibt – und dann würde ihm der ganze Dschungel gehören, vom Palast bis zu den Sümpfen, vom Meer bis hinauf zu den Bergen.

Es würde das größte Revier sein, das je ein Tigerkönig sein Eigen nannte – und er, Eisenkralle, würde darüber herrschen.

22

Böse Neuigkeiten

Raja und Biru sprachen wenig auf ihrer Reise, weder an diesem Tag noch am darauffolgenden. Aber es war nicht wie früher, wenn sie sich gestritten hatten und deshalb nicht mehr miteinander redeten. Oder wenn der Berater Raja wegen irgendetwas gescholten hatte und dieser schmollte.

Diesmal war es anders.

Zum allerersten Mal hatte Raja das Gefühl, etwas getan zu haben, auf das er wirklich stolz sein konnte. Nicht nur, weil Biru es gesagt hatte, sondern auch, weil er tief in seinem Herzen spürte, dass er die richtige Entscheidung getroffen hatte. Sein ganzes Leben lang hatten sich immer andere um ihn gekümmert, hatten für ihn gesorgt und auf ihn aufgepasst.

Zuerst sein Vater.

Dann seine Mutter.

Später Biru, Luku und Makan.

Und schließlich sogar der alte Ayah.

Sie alle hatten so viel für ihn getan, ohne dass er jemals etwas für sie getan hätte. Es war höchste Zeit, dass sich das änderte. Zwar konnte Raja nicht gerade behaupten, sich in seinem Fell wohlzufühlen – er hatte seine einzige Zuflucht verlassen und war nun in der Wildnis unterwegs, ohne dass seine Ausbildung abgeschlossen war oder er zumindest das Gesicht des Jägers gefunden hätte. Und als wäre das noch nicht schlimm genug, war auch noch der gefürchtetste Tiger des Dschungels hinter ihm her. Aber der Gedanke, zum ersten Mal in seinem Leben nicht an sich selbst, sondern an andere gedacht zu haben, machte Raja trotzdem Mut – auch wenn er sich nicht erklären konnte, woher dieser Mut plötzlich gekommen war.

Lag es an Biru, der ihn begleitete? Wohl eher nicht – wenn es hart auf hart kam, würde der kleine Gecko ihn nicht beschützen können. Aber woher kam dieses Gefühl dann? Hatte es etwas zu tun mit …?

»Raja! Hilfe!«

Der Ruf ließ Raja aufhorchen. Er blieb stehen und fuhr herum. Noch ehe er Luku erblickte, konnte er ihn bereits riechen – im nächsten Moment brach der kleine Koboldmaki auch schon aus dem Geäst. Mit einem riesigen Satz sprang er geradewegs vor Rajas Füße.

»Raja«, stieß er atemlos hervor, »dem Großen Drachen sei gedankt, dass ich dich gefunden habe ...«

»Luku!« Raja sah sofort, dass etwas nicht stimmte. Sein kleiner Freund war völlig aufgelöst. Sein kurzes Fell war total zerzaust, und er zitterte am ganzen Körper.

»Was ist passiert, geck-gecko?«, wollte auch Biru wissen, der rasch von Rajas Rücken glitt und den Maki neugierig ansah.

Luku brauchte einen Augenblick, um sich zu fassen. Erschöpft wankte er hin und her, bis er schließlich ins weiche Laub sank. »Eisenkralle!«, war alles, was er hervorbrachte.

Rajas Rückenfell sträubte sich. »Was ist mit ihm?« Er ahnte Böses.

»Er ... er und seine Makaken ... haben Ayahs Revier überfallen«, stieß Luku zwischen pfeifenden Atemzügen hervor. »Sie sind wie aus dem Nichts aufgetaucht ... es war schrecklich ... ganz plötzlich waren sie überall!«

Raja stieß ein entsetztes Knurren aus. Biru begann zu zittern. »Was ist mit den anderen?«, fragte er leise.

»Wer sich wehrte, der wurde einfach umgerannt«, berichtete Luku, der allmählich wieder Atem schöpfte. »Die Affen waren mit Stöcken bewaffnet, mit denen sie auf uns einschlugen. Ich sah, wie Makan getroffen wurde, aber ich konnte ihm nicht helfen.«

»Und Ayah?«, wollte Raja wissen.

»Natürlich hat er sich Eisenkralles Schergen in den Weg gestellt, und ein paar Makaken verloren ihr Leben. Aber dann«, erzählte Luku tonlos weiter, »kam Eisenkralle.«

Die großen Augen des Koboldmakis blickten ins Leere. Noch immer schien Luku die schrecklichen Dinge vor sich zu sehen, die sich in der Schlucht zugetragen hatten.

»Wer konnte, ergriff die Flucht«, flüsterte er. »Ayah jedoch blieb, um gegen Eisenkralle zu kämpfen. Und ... und dann ...« Er brach ab und schüttelte traurig den Kopf. Es schien ihm unmöglich zu sein, weiterzusprechen.

»Was dann?«, fragte Raja nach.

»Bitte sag uns doch, was passiert ist, geck-gecko!«

»Ist es zum Kampf gekommen?«

Luku nickte.

»Aber es war kein fairer Kampf. Eisenkralle hat sich Ayah nicht gestellt, sondern feige die Affen auf ihn gehetzt. Während er sich in der Zwischenzeit nur an wehrlosen Tieren vergriffen hat, haben die Makaken die Arbeit für ihn erledigt. Zu Dutzenden, zu Hunderten haben sich Pedang und seine Leute auf Ayah gestürzt – gegen eine solche Übermacht hatte er keine Chance. Nicht in seinem Alter, und nicht mit dem kaputten Auge«, fügte der Maki traurig hinzu.

»Dann ist er ...?«, begann Biru.

»Nein.« Luku schüttelte den Kopf. »Er ist am Leben. Aber er ist Eisenkralles Gefangener – und Eisenkralle hat gedroht, ihn zu töten, wenn du dich nicht freiwillig stellst, Raja.«

»Was?« Raja zuckte zusammen.

»Sag das noch mal, geck-gecko!«

»Ayah, Makan, Ubat und noch viele andere befinden sich in Eisenkralles Gewalt«, bestätigte Luku schaudernd. »Eisenkralle droht, sie alle zu töten, wenn du nicht zurückkehrst. Mich hat er nur freigelassen, damit ich dir diese Nachricht überbringe. Er hat gesagt, wenn ich nicht zurückkehre, dann wird er Makan aufschlitzen.«

Ein dicker Kloß wanderte den Hals des Koboldmakis hinauf und wieder hinab.

Raja stand da wie vom Donner gerührt.

Er hatte das Gefühl, als würde sich die eiserne Klaue des Schurken geradewegs in sein eigenes Herz bohren, so schrecklich fühlte er sich in diesem Augenblick. Er war traurig, wütend, fassungslos, alles zugleich.

Und er hatte Angst.

»Es war alles umsonst«, sagte er tonlos. »Ich bin extra gegangen, weil ich nicht wollte, dass ihr meinetwegen weiter in Gefahr seid – und nun das.«

»Eisenkralle schert sich nicht um solche Dinge«, stellte Luku klar. »Ihm ist es egal, auf welche Weise er seine Ziele erreicht oder wie viele Tiere dafür sterben müssen.«

»Ich weiß.« Raja nickte und dachte einen Augenblick nach. Am liebsten hätte er sich abgewandt und wäre einfach davongerannt, durch das schützende Dickicht, an einen Ort, wo niemand ihn kannte und er in Sicherheit war.

Aber das konnte er nicht.

Nicht mehr.

Er hatte Verantwortung.

Seinen Freunden gegenüber und auch dem weißen Fell, das er trug und das ihn an seine Herkunft erinnerte. Er hatte seiner Mutter versprochen, dass er nie vergessen würde, wer er war.

Dieses Mal würde er nicht weglaufen.

»Also gut«, knurrte er und wollte sich auf den Weg zur Schlucht machen. Doch jemand biss ihn ins rechte Hinterbein und versuchte ihn so mit Gewalt zurückzuhalten.

»Bist du verrückt?«, begann Biru zu schimpfen. »Eisenkralle wird dich umbringen! Er wartet doch nur darauf, dass du kommst, um deine Freunde zu retten. Seine Metallklaue ist schon gewetzt!«

»Ja«, stimmte Raja zu. »Aber habe ich denn eine Wahl?«

»Du musst fliehen, geck-gecko! Schnell, solange noch Zeit dazu ist!«

»Und das sagst ausgerechnet du?« Raja sah seinen Berater verwundert an. »Hast du nicht gesagt, dass man verantwortlich handeln muss? Und dass du stolz auf mich bist?«

»Das bin ich auch, geck-gecko. Aber ganz bestimmt habe ich damit nicht gemeint, dass du dich umbringen lassen sollst!«

»Ich soll also feige fliehen? Dann werden Ayah und die anderen alle meinetwegen getötet!«

»Glaubst du denn, sie werden überleben, wenn du dich stellst?«, entgegnete Biru. »Eisenkralle ist gemein und verschlagen, er wird niemals sein Wort halten! Zuerst wird er dich töten und dann Ayah und die anderen!«

»Ich fürchte, der Gecko hat recht«, stimmte auch Luku zu Rajas Bestürzung zu. »Unsere Freunde sind verloren, so oder so. Vielleicht ist es wirklich besser, wenn du fliehst und nicht zurückblickst.«

»Nein!«, rief Raja entschieden. »Ich bin schon einmal davongerannt und habe es zugelassen, dass sich meine Mutter für mich geopfert hat – ein zweites Mal werde ich das auf keinen Fall tun!«

»Aber Raja«, wandte Biru ein, »du kannst nicht ...«

Mit einem lauten Schrei unterbrach Raja ihn. Es war das erste Mal, dass echtes Tigergebrüll aus seiner Kehle kam, entsprechend Respekt gebietend klang es. Der Gecko verstummte sofort, und Luku sah Raja mit großen, staunenden Augen an.

Der junge Tiger straffte sich. Obwohl schreckliche Dinge geschehen waren und vermutlich noch schrecklichere Dinge geschehen würden, erfüllte ihn auf einmal eine seltsame Ruhe. So, als wüsste er ganz genau, was zu tun war. »Ihr habt recht«, meinte er. »Gegen Eisenkralle habe ich keine Chance. Wenn ich mich ihm stelle, bin ich so gut wie tot.«

»Eben«, räumte Biru erleichtert ein. »Deshalb lass uns ...«

»Aber das bedeutet nicht, dass ich feige flüchten werde«, stellte Raja klar.

»Was willst du dann tun, geck-gecko?«

»Erinnert ihr euch, als wir im Wald auf Eisenkralle trafen?«, fragte Raja.

»Na klar«, sagte Luku. »Wie könnten wir das vergessen?«

»Eisenkralle hatte es ziemlich eilig, dich und Makan loszuwerden«, erinnerte Raja die beiden. »Er wollte mit mir allein sein.«

»Na und?«

»Ich glaube, er mag es nicht, wenn wir uns verbünden«, erwiderte Raja nachdenklich. »Das macht ihm irgendwie Angst.«

»Angst?« Lukus Augen wurden noch größer. »Eisenkralle hat Angst?«

»Ich glaube, Raja könnte recht haben«, stimmte Biru zögerlich zu. »Mut war noch nie Eisenkralles Stärke – deshalb hat er doch auch diese grässliche Klaue. Und deshalb lässt er sich auch auf Schritt und Tritt von den Makaken begleiten. Sie sind seine Leibwächter. Und wie alle Mächtigen fürchtet er sich natürlich davor, dass sich seine Untertanen gegen ihn erheben könnten, deshalb gibt er sich so grausam.«

»Genau das«, stimmte Raja zu, »und er tut gut daran, wenn er sich vor seinen Untertanen fürchtet – denn viele kleine Pfoten bilden eine große Pranke. Und viele leise Stimmen ergeben zusammen ein mächtiges Gebrüll.« Er überlegte einen Moment, dann wandte er sich an Luku. »Kannst du deine Verwandten wecken? Ich meine die außerhalb von Ayahs Revier.«

»Klar kann ich das, aber ...«

»Wecke sie, und lass sie im ganzen Dschungel folgende Nachricht verbreiten: Raja, König Eisfells Sohn, bittet um ihre Hilfe – nicht um seinetwegen, sondern um dem alten Ayah beizustehen. Gemeinsam können wir ihn befreien und Eisenkralle aus unserer Schlucht vertreiben, wir müssen es nur wirklich wollen! Die Unterdrückung muss ein Ende haben!«

Luku und Biru erwiderten nichts. Sie schauten Raja nur staunend an.

»Was ist?«, fragte er. »Stimmt was nicht?«

»Alles in Ordnung, geck-gecko«, versicherte der Berater leise und mit einem seltsamen Glanz in den kleinen Augen. »Du erinnerst mich nur gerade sehr an deinen Vater.«

23

Unter Feinden

Eisenkralle genoss seinen Sieg.

Wie ein Schwarm Heuschrecken hatten die Makaken die Grenze überschritten und waren in die Schlucht eingefallen, in der sich der alte Ayah versteckt hielt – und wie erwartet hatte der Angriff den alten Tiger und seine Bande von Kleingetier und Pflanzenfressern völlig unerwartet getroffen. Unter kreischendem Kriegsgeschrei waren Pedang und seine Soldaten vorgerückt. Wer nicht sofort geflüchtet war, hatte ihre Bambusstöcke zu spüren bekommen, und auch Eisenkralles Klaue hatte Angst und Schrecken verbreitet.

Wer so töricht gewesen war, sich ihm in den Weg zu stellen, hatte mit dem Leben bezahlt. Nur wenige waren entkommen, die meisten waren am Rand der Schlucht zusammengetrieben worden, wo sie nun ängstlich kauerten. Eng aneinandergedrängt erwarteten sie ihr Schicksal. Eisenkralle konnte ihre Furcht riechen und ihr leises Wimmern hören – und es war die reinste Wonne für ihn.

»Bist du nun zufrieden?«, fragte der alte Ayah. Eisenkralle hatte ihn von den anderen getrennt und in eine Höhle treiben lassen, die von zwei Dutzend Makaken bewacht wurde, alle mit Bambusstöcken bewaffnet. Aber eigentlich hätte es dieser Wachen gar nicht bedurft – der greise Tiger litt noch immer an den Folgen seiner Verletzungen und war entsprechend geschwächt. Es gab nur einen einzigen Grund, warum Eisenkralle ihn nicht längst mit seiner Klaue bekannt gemacht hatte: Er brauchte den Alten noch – als Lockvogel ...

»Allerdings bin ich das«, bestätigte er scheinbar gelassen und maß den alten Tiger mit einem abschätzigen Blick.

»Einen schönen Sieg hast du davongetragen, fürwahr«, bestätigte Ayah bitter. »Einen Sieg über einen Gegner, der alt ist und schwach und halb blind.«

»Was willst du? Mitleid?« Eisenkralle lachte hämisch. »Auch auf die Gefahr hin, dich zu enttäuschen – ich bin nicht deinetwegen hier, alter Narr. Du bist nur das Mittel zum Zweck, nichts weiter.«

»Was meinst du damit?«, fragte Ayah aus seiner Höhle. Weit herauswagen konnte er sich nicht – sobald er es versuchte, schlugen die Makaken mit ihren Stöcken zu.

»Das heißt, dass es nicht um dich geht, sondern um jemand anderen. Jemand, den ich eigentlich hier zu finden hoffte, in eurem vor Angst und Feigheit stinkenden Versteck.« Eisenkralle legte den Kopf in den Nacken und schnüffelte demonstrativ, worauf er angewidert das Gesicht verzog.

»Du sprichst von Raja«, sagte Ayah.

»Ganz recht – du weißt nicht zufällig, wohin die kleine Kröte sich verkrochen hat?«

»Nein«, knurrte Ayah. »Und selbst wenn, würde ich es dir gewiss nicht verraten.«

»Ich habe geahnt, dass du das sagen würdest«, entgegnete Eisenkralle. »Deshalb habe ich Boten losgeschickt, die den Tiger finden sollen und ihm eine einfache Nachricht überbringen: Kommt er nicht umgehend hierher, wirst du sterben.«

»Und?« Ayah schnaubte spöttisch. »Warum sollte ihn das interessieren?«

»Ganz einfach, weil er der Sohn seines Vaters ist«, erwiderte Eisenkralle. »Als ich ihn im Wald traf, sah ich den selben Ausdruck in seinen Augen. Er sorgt sich um die Schwachen und Hilflosen ...«

»Ja, das ist seine Stärke«, meinte Ayah.

»Nein, das ist seine Schwäche, die ihn das Leben kosten wird«, widersprach Eisenkralle. »Der Gedanke, dass ein räudiger alter Tiger seinetwegen sterben könnte, ist ihm unerträglich, deshalb wird er meiner freundlichen Einladung folgen und hierherkommen. Und ich werde auf ihn warten.« Er hob die künstliche Klaue, um zu verdeutlichen, was er vorhatte.

»Du gemeiner Mistkerl!«, knurrte Ayah. »Ich wusste immer, was in dir steckt. Schon damals im Palast habe ich König Eisfell vor dir gewarnt.«

»Das hast du – aber er wollte ja nicht auf dich hören, nicht wahr?« Eisenkralle feixte. »Der gute Eisfell ist zeit seines Lebens stur und unbelehrbar gewesen. Das wurde meinem lieben Bruder schließlich zum Verhängnis.«

»Nenn ihn nicht deinen Bruder. Das hat er nicht verdient.«

»Dennoch ist es die Wahrheit – wenigstens zur Hälfte«, entgegnete Eisenkralle. »Und das macht mich gleichzeitig zum Onkel des jungen Raja. Ist das nicht irgendwie sonderbar?«

»Allerdings«, sagte Ayah, »denn ein Scheusal wie du hat keine Familie. Keine Wurzeln, die ihn nähren, und keinen Himmel, in den er wachsen kann.«

»Komm schon, Alter, nun werde nicht kitschig«, sagte Eisenkralle spöttisch. »Wer braucht denn eine Familie, wenn er herrschen kann? Wer will geliebt werden, wenn er gefürchtet werden kann?«

»Ist es das, was du willst? Gefürchtet werden?« Der alte Tiger keuchte. »Dann muss ich dich enttäuschen, denn ich habe keine Angst vor dir.«

»Nein? Hast du dich deswegen in dieser Schlucht verkrochen? Ihr alle fürchtet mich, alter Narr, und das aus gutem Grund, denn ich kenne weder Skrupel noch Erbarmen.«

»Du wirst uns alle töten, oder?«, fragte Ayah. »Ganz gleich, ob Raja kommen wird oder nicht, du hast nicht vor, auch nur einen von uns laufen zu lassen, richtig?«

Eisenkralle widersprach nicht – und das kalte Blitzen in seinen gelben Augen sprach Bände.

Ayah nickte und ließ den Kopf scheinbar resignierend sinken – nur um ihn plötzlich wieder in den Nacken zu reißen und einen heiseren Schrei auszustoßen, einen Warnruf, der weithin zu hören war.

»Bringt ihn zum Schweigen!«, rief Eisenkralle wütend, doch des Befehls hätte es nicht bedurft: Schon schlugen und stachen die Makaken mit ihren Bambusstöcken auf den alten Tiger ein, und sie schienen es gern zu tun. Die noch frischen Wunden öffneten sich wieder und begannen erneut zu bluten. Stöhnend ging Ayah unter den Schlägen nieder.

»Das war ein Fehler, alter Narr«, sagte Eisenkralle mit zornbebender Stimme, »denn jetzt bin ich wirklich wütend.«

24

Der Schwur der Verlorenen

Inmitten des Dschungels gab es eine Lichtung. Und auf dieser Lichtung stand ein Fels. Er war schmal und hoch und besaß die Form einer Kobra, die sich aufgerichtet hatte und kurz davor war, zuzubeißen. Alle Tiere nannten ihn daher den Kobrastein.

Niemand wusste, wie dieser Stein dorthin gelangt war. Hatten ihn die Takrambuti eines Tages angeschleppt? Oder hatte eine Laune des Großen Drachen dafür gesorgt, dass er dort liegen geblieben war und diese eigentümliche Form angenommen hatte?

Noch nicht einmal der kluge Biru wusste es, doch da alle Tiere diesen Stein kannten, hatte er ihn als Treffpunkt vorgeschlagen. Und so stand Raja oben auf dem Kobrastein und blickte auf die Lichtung hinab.

Luku und seine Artgenossen hatten ganze Arbeit geleistet und die Kunde von der Versammlung wirklich in alle Winkel des Dschungels getragen.

Aus allen Richtungen kamen die Tiere herbei, um zu hören, was Raja zu sagen hatte. Anfangs waren es nur ein paar wenige gewesen, die sich auf der Lichtung eingefunden hatten. Aber nun wurden es immer mehr: kleine Flugfrösche und winzige Nektarvögel, Kantschile und Spitzhörnchen, Geckos und Warane, Bankiavahühner und Argusfasane, Languren und Suamangs, Koboldmakis und Schuppentiere, Malaienbären und Muntjaks. Auch solche Tiere, die nach dem Willen des Großen Drachen eigentlich Jäger und Beute waren, hatten sich auf der Lichtung eingefunden und standen Seite an Seite. Und mitten unter ihnen erhob sich wie ein großer schwarz-weißer Berg ein Tapir, der ein bisschen so aussah, als hätte er sich verlaufen, da er mit den dunklen Augen ein wenig ratlos dreinblickte.

Überhaupt konnte Raja die Unsicherheit spüren, die über der Lichtung lag. Wenn er die Laute und Gerüche richtig deutete, dann lag da viel Angst in der Luft, aber auch Neugier auf das, was er zu sagen haben würde. Und hier und dort sogar ein Funke Hoffnung. Denn natürlich waren wilde Gerüchte darüber im Umlauf, wer er war und was er wollte. Die Nachricht, dass König Eisfells Sohn am Leben war und Eisenkralle ihn töten wollte, hatte sich wie ein Lauffeuer im Dschungel verbreitet. Entsprechend groß waren die

Erwartungen, aber Raja kümmerte sich nicht darum. Ayah und die anderen brauchten seine Hilfe, nur darauf kam es jetzt an.

Er wartete, bis sich die Lichtung gefüllt hatte, dann straffte er sich und trat an den vorderen Rand des Kobrasteins. Das Zischen und Knurren, das soeben noch in der Luft gelegen hatte, verstummte, und alle Augen richteten sich auf ihn, ganz egal, ob sie klein waren oder groß, gelb, schwarz oder grün oder ob sie runde oder schmale Pupillen hatten. Auf einmal war Raja schrecklich aufgeregt, das Herz schlug ihm bis zum Hals.

Was hatte er gleich noch mal sagen wollen?

»Ruhig«, flüsterte ihm da eine Stimme ins Ohr, »das wird schon. Bleib ganz ruhig, hörst du?«

Es war Biru, der auf seinen Rücken geklettert war und ihm helfend zur Seite stehen würde, falls er nicht mehr weiterwusste. Die Anwesenheit seines kleinen Beraters beruhigte Raja, und er begann zu sprechen.

»Danke«, sagte er. Es erschreckte ihn, seine eigene Stimme laut über der Lichtung zu hören, aber er sprach weiter. »Danke, dass ihr dem Ruf gefolgt und alle gekommen seid, Bewohner des Dschungels, denn es gibt etwas Wichtiges zu bereden. Ganz sicher fragt ihr euch, wen ihr hier vor euch habt. Wer bin ich, dass ich hier oben stehe und zu euch spreche?«

Einige Tiere schnaubten zustimmend, andere zwitscherten, wieder andere grunzten.

»Noch vor ein paar Tagen«, fuhr Raja fort, »hätte ich euch vermutlich erklärt, dass ich der Sohn von König Eisfell bin, und wahrscheinlich hätte ich erwartet, dass ihr euch deshalb vor mir verbeugt und mich für etwas Besonderes haltet – aber das ist vorbei!

Ich bin nicht mehr der verwöhnte kleine Tiger, als der ich in den Dschungel gekommen bin. Seither habe ich viel gelernt. Meine Mutter hat sich geopfert, damit ich leben kann. Und ich hatte Freunde, die mir geholfen haben und mich vor allem lehrten, dass nicht die Farbe des Fells oder die Herkunft eines Tieres darüber entscheidet, ob es wertvoll ist oder nicht. Nein, es kommt allein auf unsere Taten an!«

Raja ließ seinen scharfen Tigerblick über die versammelten Tiere schweifen. Niemand zwitscherte oder knurrte, die Nagetiere hatten sogar zu knabbern aufgehört, was nur ganz selten vorkam. Alle hörten gespannt zu. Es war mucksmäuschenstill.

»Aus diesem Grund habe ich euch hierhergerufen«, sprach er weiter. »Ihr alle zittert vor Eisenkralle und versteckt euch vor ihm. Und es gibt sogar Tiere, die ihm freiwillig Beute schicken, nur damit er nicht mehr unter ihnen jagt! Das widerspricht den Gesetzen der Natur – und es muss ein Ende haben!«

»Ach ja?«, rief ein Nebelparder herüber, der auf der anderen Seite der Lichtung auf einem Baum hockte und mit dem graugelben Fell und der Fleckenzeichnung kaum zu erkennen war. »Und was willst du dagegen tun?«

»Wie viele von euch sicher schon wissen, haben Eisenkralle und seine Makaken widerrechtlich die Grenze überschritten«, berichtete Raja. »Sie haben Ayahs Revier erobert und halten ihn und viele andere Tiere gefangen. Wenn wir nichts unternehmen, werden sie alle sterben.«

»Dann nur zu, weißer Tiger«, forderte der Nebelparder ihn spöttisch auf. »Unternimm etwas dagegen. Aber nur für den Fall, dass du mich fragen solltest, ob ich dir helfe, lautet meine Antwort in jedem Fall Nein«, fügte er hinzu. Behände kletterte er den Stamm herab, wobei er mit dem Kopf vorausging, und landete geschmeidig auf dem Boden. »Wir Parder sind Einzelgänger, das ist schon immer so gewesen«, verkündete er – und verschwand im Unterholz.

»Seht ihr Übrigen das ebenfalls so?«, wandte sich Raja an die anderen Versammelten. »Denkt ihr auch, dass es euch nichts angeht, was mit Ayah und dem Rest geschehen ist?«

Er blickte in betroffene Gesichter.

Die meisten hatten einfach nur Angst.

Angst vor Eisenkralle und seiner Klaue.

»Ich weiß, dass ihr euch fürchtet«, versicherte Raja deshalb, »und ich fürchte mich ebenfalls. Eisenkralle ist ein schrecklicher Gegner, und seine Klaue eine furchtbare Waffe. Dennoch – wenn wir alle zusammenstehen, haben wir eine Chance, Ayah zu befreien und Eisenkralle zu zeigen, dass er mit uns nicht alles machen kann. Denn viele kleine Pfoten bilden eine Pranke, meine Freunde! Und viele leise Stimmen ergeben zusammen ein mächtiges Gebrüll! Wenn ihr mich also fragt, wer ich bin, dann ist meine Antwort: Ich bin einer von euch! Meine Eltern starben durch Eisenkralles Mörderklaue, und er trachtet auch mir nach dem Leben. Aber ich habe es satt, mich vor ihm zu verstecken. Niemand, kein Tiger und auch sonst kein Tier, hat das Recht, andere so grausam zu unterdrücken!«

Wieder ließ er den Blick über die Menge wandern – und sah weniger Furcht als zuvor. Stattdessen war nun Trotz in den Augen zu erkennen und neuer Mut, und hier und dort wurde auch Zustimmung gegrunzt, gezwitschert oder gekreischt.

»Wer kommt mit mir?«, fragte Raja deshalb. »Wer will nicht mehr länger zittern müssen? Wer will nicht mehr tatenlos zusehen, wie unsere Freunde sinnlos sterben?«

Die Zustimmung wurde lauter. Die Reptilien zischten, die Vögel flatterten auf, und die Languren begannen, sich in den Ästen wie wild zu gebärden.

»Dann schwört mit mir!«, rief Raja. »Lasst uns schwören, dass wir stets an das denken wollen, was wir gemeinsam haben, und nicht an das, was uns trennt! Dass wir nicht länger dulden wollen, dass jemand uns Angst macht! Dass wir das Unrecht bekämpfen wollen! Und dass wir alles tun werden, um Ayah und die anderen zu befreien!« Er warf den Kopf in den Nacken und wollte wieder jenes Gebrüll anstimmen, das ihm erst kürzlich so wunderbar geglückt war – doch viel mehr als ein heiseres Krächzen kam nicht aus seinem Rachen.

Dafür half Biru mit einem lärmenden »Geck-geck-gecko!« aus, und Luku verfiel in seinen schrillen Gesang – und nach und nach gesellten sich auch all die anderen Tierstimmen hinzu: Die Affen kreischten, die Hühner gurrten, die Nektarvögel zwitscherten, die Malaienbären brummten, und der Tapir grunzte. Sie alle fielen in den Schrei der Freiheit ein, der so laut war und durchdringend, dass Raja sicher war, dass er über die Lichtung aufsteigen und noch weithin zu hören sein würde.

Auch im Norden, wo Eisenkralle saß wie eine Spinne in ihrem Netz und auf sie lauerte.

Sie würden kommen.

25

Die große Schlacht

»Kannst du was sehen?«

Bäuchlings auf der Lauer liegend, spähte Raja durch das Gras. Sie mussten vorsichtig sein. Zwar hatten sie sich gegen den Wind genähert und sich bemüht, kein unnötiges Geräusch zu verursachen, aber sicher konnten sie dennoch nicht sein.

Eisenkralles Makaken waren überall. Und auch wenn Raja das Gesicht des Jägers noch nicht haben mochte – Eisenkralle hatte es ganz gewiss. Und wenn er ihre Nähe witterte, dann war es vorbei …

Lautlos schob sich Raja weiter vor, um über die Abbruchkante zu spähen. Das Wurzelwerk, das die Schlucht überdachte, war an vielen Stellen so dicht, dass man gar nicht hindurchblicken konnte. Aber das, was Raja sah, genügte ihm: Makakensoldaten, Dutzende von ihnen, bewaffnet mit Bambusstöcken, die sie noch gefährlicher machten. Und er sah Eisenkralle, der dort unten auf dem Felsen thronte, auf Ayahs Platz.

»Wo sind die Gefangenen?«, wisperte Luku, der neben Raja kauerte. »Hast du sie schon entdeckt?«

»Noch nicht.« Raja beugte sich so weit vor, wie er es wagen konnte, ohne von unten gesehen zu werden oder das Gleichgewicht zu verlieren und nach vorn ins Leere zu stürzen. Zwischen den Wurzeln hindurch erhaschte er einige Blicke auf den Grund der Schlucht – und auf die Affen, die sich dort drängten.

»Da sind mehrere Höhlen«, stellte Raja leise fest. »Alle werden streng bewacht, aber vor einer sind besonders viele Makaken versammelt.«

»Dadrin muss Ayah sein!« Der Maki war fest überzeugt. »Und in den anderen Höhlen dürften die übrigen Gefangenen stecken. Halte aus, Makan«, fügte er flüsternd hinzu. »Wir kommen ...«

»Sind alle auf ihren Plätzen?«, wollte Raja wissen. In aller Eile hatten Biru, Luku und er einen Plan ausgearbeitet. Jetzt würde sich zeigen, ob er funktionierte.

»Sie warten nur auf das Signal.«

»Na schön.« Raja leckte sich die Zähne. Sein Fell hatte sich gesträubt, und ohne dass er es bewusst gelenkt hätte, begann sein Schwanz heftig zu peitschen. Instinkte, die viel älter waren als er selbst, übernahmen die Kontrolle.

Noch einen Augenblick wartete er, dann nickte er Luku zu, und sie begannen den Abstieg – nicht durch den vorderen Eingang der Schlucht, sondern über einen schmalen Pfad, der sich an dem von Wurzelwerk überzogenen Felsgestein in die Tiefe wand. Kaum jemand wusste, dass es diesen Pfad gab, Luku und Makan hatten ihn auf einem ihrer nächtlichen Streifzüge entdeckt. Mit etwas Glück würden sie auf ihm nahe genug an den Feind herankommen, um ...

Raja stutzte, als sich plötzlich loses Gestein unter seinen Pfoten löste. Mit lautem Klickern rieselte es an der Felswand hinab. Raja erstarrte vor Schreck, ebenso wie Luku, der vorausging, und die anderen Tiere, die ihnen folgten – neben einigen weiteren Koboldmakis gehörten auch ein Rudel Schuppentiere, zwei Warane sowie eine Baumkatze dem Kommando an, das die vielleicht gefährlichste Aufgabe des Unternehmens hatte: die Befreiung der Gefangenen. Ursprünglich hatten sich auch die Languren anschließen wollen, aber Raja hatte Sorge gehabt, dass das rote Fell und die geschwätzige Natur der Äffchen vielleicht alles verraten würden. Dafür hatten die Languren eine andere, nicht weniger wichtige Aufgabe erhalten.

Rajas Nackenfell sträubte sich.

Hatte jemand das Klappern der Steine gehört? Waren die Eindringlinge bereits bemerkt worden? Doch das Gedränge, das auf dem Grund der Schlucht herrschte, und das Gezeter, das die Makaken dort veranstalteten, hatten wohl dafür gesorgt, dass niemand etwas mitbekommen hatte, auch nicht Eisenkralle. Der Herrscher des Dschungels fläzte sich nach wie vor auf dem von Moos überwachsenen Felsen und schien sich seiner Sache sehr sicher zu sein.

Vielleicht zu sicher.

Vorsichtig schlichen sie weiter. Je tiefer sie kamen, desto größer wurde Rajas Anspannung, und er konnte auch die der anderen Tiere spüren.

Er roch ihre Ausdünstungen, witterte ihre Furcht. Sie alle hatten Angst. Dennoch waren sie hier, um sich dem Feind zu stellen und den Unschuldigen beizustehen.

Endlich erreichten sie den Grund der Schlucht. Hinter einem ausladenden Farn gingen sie in Deckung und spähten zwischen den Blättern hindurch. Direkt vor ihnen befand sich der Felsen, auf dem Eisenkralle lag; ein Makake war bei ihm und redete unentwegt auf ihn ein. Er war groß und hager, und sein Kopfhaar stand ihm senkrecht zu Berge.

»Das ist General Pedang«, erklärte Luku flüsternd. »Wie alle Makaken ist er ein schrecklicher Wichtigtuer. Und er ist beinahe ebenso gemein und verschlagen wie Eisenkralle selbst, deshalb ist er der Anführer seiner Armee.«

»Verstehe«, knurrte Raja.

Er spähte hinauf zum Wurzeldach über der Schlucht, konnte jedoch nichts erkennen. Biru und die anderen hielten sich noch versteckt. Sie warteten auf das Zeichen.

Noch einmal atmete Raja tief durch.

Dann warf er den Kopf in den Nacken und brüllte.

Und diesmal gelang ihm das Gebrüll eines Tigers.

Der Angriff begann – so plötzlich, dass er Eisenkralle und seine Makaken völlig unerwartet traf.

Von einem Augenblick zum anderen wimmelte es oben auf dem Wurzeldach von bunten Gestalten, die dort flink umherhuschten:

türkisblaue Geckos und rote Languren, dazu gelbe Baumkatzen und ein paar schwarze Bären, unter denen sich das Geflecht der Wurzeln bedächtig bog. Unter wildem Gebrüll und lautem Kreischen taten sie, was der Plan vorsah: Sie ließen Steine und überreife Früchte auf den Feind hinunterregnen!

Das Durcheinander, das auf dem Grund der Schlucht ausbrach, war dementsprechend: Die Makaken verfielen in noch lauteres Geschrei und rannten wild durcheinander. Hier wurden welche von Steinen getroffen und gingen bewusstlos zu Boden; dort bekam General Pedang eine Cempedak-Frucht an den Kopf. Sie war so groß, dass sein Kopf ganz darin verschwand. Mit der Frucht auf dem Kopf rannte der Befehlshaber der königlichen Armee blindlings umher – bis er mit voller Wucht gegen die Felswand lief und umfiel.

Verzweifelt versuchten Eisenkralles Soldaten, sich vor den Geschossen in Sicherheit zu bringen, aber auf dem Grund der Schlucht gab es kaum Schutz: Die einen warfen sich auf den Boden und versuchten den Kopf mit den langen Armen zu schirmen, andere wollten die Geschosse mit ihren Baumbusstöcken abwehren, was allerdings auch nicht klappte. Am besten erwischten es noch die, die sich an den Rand der Schlucht flüchteten und dort eng an die Felswand drückten. Doch in diesem Augenblick schossen in einer zweiten Angriffswelle Vögel in die Schlucht – Sonnenvögel, Breitrachen, Mistelfresser und noch viele mehr. Kreischend fielen sie über die Affen her und hackten mit den Schnäbeln auf ihren Köpfen herum.

»Jetzt!«, rief Raja seinen Leuten in dem Durcheinander zu. »Ich kümmere mich um Ayah – ihr seht nach den anderen!«

Damit stürmte er auch schon los, gab seine Deckung auf und sprang mit einem weiten Satz aus dem Unterholz. Quer durch die Schlucht hastete er auf die Höhle zu, vor der die meisten Wachen versammelt waren. Aber auch sie hatten inzwischen etwas anderes zu tun, als auf ihren Gefangenen aufzupassen.

Nicht genug damit, dass der Regen prasselnder Geschosse sie völlig überrascht und einige von ihnen ins Reich der Träume geschickt hatte, fielen nun die Vögel über sie her. Die Makaken vollführten irrwitzige Tänze, während es über ihren Köpfen flatterte und hackte. Ihre Bambusstöcke hatten sie längst weggeworfen und begnügten sich damit, mit den Armen zu wedeln und lauthals zu schreien.

In einem wilden Zickzackkurs setzte Raja zwischen ihnen hindurch – einen Wächter, der sich ihm in den Weg stellen wollte, rannte er kurzerhand über den Haufen. Schon war er vor der Höhle, in der er Ayah vermutete – als ihn plötzlich etwas traf.

Die Wucht des Aufpralls war so groß, dass Raja von den Beinen gerissen wurde. Er stürzte und überschlug sich mehrmals, rollte sich instinktiv ein, damit er sich keine Knochen brach. So geschickt er es vermochte, warf er sich herum und kam wieder auf die Beine – nur um entsetzt zu erkennen, was ihn da getroffen und umgeworfen hatte.

Oder besser gesagt wer.

Es war Eisenkralle.

Der Tyrann hatte seinen Platz auf dem Felsen verlassen und selbst in den Kampf eingegriffen. Jetzt stand er Raja gegenüber, einen kalten Glanz in den Augen. Blut klebte an seiner eisernen Klaue.

»Hast du nicht etwas vergessen, Kleiner?«, erkundigte er sich mit einer Häme, die seinen Zorn nur mühsam vertuschte. »Es ist unhöflich, einen Besuch zu machen, ohne den Herrn des Hauses zu begrüßen.«

»Du bist hier nicht Herr des Hauses«, erwiderte Raja tapfer. »Du bist hier selbst nur zu Gast – aber nicht mehr lange.«

»Große Töne von jemandem, der so klein ist wie du«, konterte Eisenkralle.

»Ich bin vielleicht klein, aber ich bin nicht allein gekommen«, sagte Raja mit Blick auf das lärmende Durcheinander, das in der Schlucht tobte. Er bereitete sich auf den Kampf vor, auch wenn ihm klar war, dass er nicht gewinnen konnte. Mit durchgestreckten Vorderbeinen lehnte er sich zurück, spannte seinen Körper zum Sprung. Die Krallen hatte er ausgefahren, die Ohren eng an den Kopf gelegt, sein Schwanz peitschte hin und her.

»Du bist genau wie dein Vater«, meinte Eisenkralle geringschätzig. »Du hast keine Ahnung, welche Stärke tatsächlich in dir wohnt – und du wirst es wohl auch nie erfahren.«

In diesem Moment nahm Raja einen beißenden, abscheulichen Geruch wahr. Und obwohl er diesen Geruch erst ein einziges Mal in seinem ganzen Leben wahrgenommen hatte, wusste er sofort, wann und wo dies gewesen war.

Vor zwei Drachenzeiten.

In einer stürmischen Gewitternacht.

Der Nacht, in dem er auf die Welt gekommen war.

Mit einem wilden Fauchen fuhr Raja herum – nur um sich einer riesigen Kobra gegenüberzusehen, die sich lautlos angeschlichen und zu ihrer ganzen schrecklichen Größe aufgerichtet hatte.

26

Rajas Kampf

Raja stand wie erstarrt.

Der Kopf der Kobra war beinahe so groß wie sein eigener, ihre Augen starrten ihn durchdringend an, während sie leise und bedrohlich zischte.

»Darf ich vorstellen?«, sagte Eisenkralle grinsend. »Dies ist Bahaya, die Königskobra.«

Rajas Atem ging heftig. Mit aller Macht kämpfte er gegen seine Panik an, während ihm auf einmal etwas klar wurde. »Du warst es«, grollte er leise. »Du bist in jener Nacht auch da gewesen ... ich erkenne deinen Geruch.«

»Daran sieht man es mal wieder«, musste Eisenkralle spöttisch anerkennen, »was ein Tiger im Augenblick seiner Geburt riecht, das vergisst er sein ganzes Leben nicht. Du hast recht, Kleiner, Bahaya wird nicht ohne Grund die ›Königsmörderin‹ genannt. Sie hat schon deinen Vater gebissen, und es wird ihr ein Vergnügen sein, ihre Giftzähne auch in dich zu schlagen.«

»Und ob es das wird«, zischte die Schlange, und ihre Zunge fuhr vor und zurück, während sie sich noch ein Stück weiter aufrichtete und Raja nun überragte.

Raja wich zurück, so weit er es wagen konnte, ohne in die Reichweite von Eisenkralles Klaue zu geraten. »Ist das deine Art zu kämpfen?«, fragte er ihn. »Deshalb also hast du meinen Vater besiegt, es war kein fairer Kampf!«

»Ich habe nie behauptet, dass ich fair kämpfe«, gab Eisenkralle gelassen zurück. »Aber ich weiß, wie man gewinnt. Nur darauf kommt es an. Und nun leb wohl, kleiner Prinz!«

Auffordernd nickte er der Schlange zu, die den massigen Kopf kurz zurückpendeln ließ, als wollte sie Schwung holen, ehe sie sich auf ihr Opfer stürzte. Der Augenblick war gekommen!

»Jetzt!«, brüllte Raja und schaute hinauf zum Wurzelwerk über der Schlucht. Von allen unbemerkt, schwebte dort ein dicker Gesteinsbrocken, den Rajas Freunde dorthin gerollt hatten. Die Wurzeln und Schlinggewächse spannten sich unter dem Gewicht, aber sie gaben nicht nach.

Noch nicht ...

»Jetzt!«, schrie Raja noch einmal, panischer diesmal.

»Wir arbeiten dran, geck-gecko!«, kam es zurück.

»Was soll das werden?«, zischte die Schlange, die ebenfalls nach oben gespäht hatte. »Versuchst du, mich zu überlisten, du hinterhältiges kleines Fellknäuel? Möchtest du etwa schlauer sein als ich?«

»Na ja«, machte Raja gedehnt, um Zeit zu gewinnen. Er schickte einen sehnsüchtigen Blick nach oben, wo ein Dutzend Geckos, Languren und Makis dabei war, die Wurzeln durchzuknabbern, die offenbar sehr viel zäher waren als gedacht. »Weißt du, ich ...«

»Stirb!«, kreischte die Schlange und warf sich nach vorn, das Maul mit den Giftzähnen weit aufgerissen.

Im letzten Moment wich Raja aus. Die Schlange verfehlte ihn nur knapp. Dicht neben ihm schlug sie auf den laubbedeckten Boden, der Rest ihres schlanken, gelb gefleckten Körpers schnellte hinterher. Blitzschnell warf sich Bahaya herum und griff ein zweites Mal an, und diesmal konnte Raja nicht mehr ausweichen.

Mit vor Entsetzen weit aufgerissenen Augen sah er das Maul mit den mörderischen Zähnen heranfliegen und wartete darauf, dass sie sich in sein Fell bohren und das Gift in seinen Körper spritzen würden, als von oben ein lautes Knacken erklang. Der Stein brach durch, schlug senkrecht herab – und traf die Schlange tatsächlich in ihrer Leibesmitte.

Es war, als ob etwas Bahaya mit aller Kraft am Schwanz packte und zurückriss. Die Kobra ließ ein würgendes Geräusch vernehmen, dabei zuckte ihr Kopf zurück, pendelte noch einen Augenblick in der Luft hin und her. Dann krachte er auf den Boden, wo die Schlange entkräftet liegen blieb.

Raja atmete auf.

Jetzt erst erblickte er den türkisblauen Gecko mit den orangefarbenen Sprenkeln, der oben auf dem Felsblock hockte und ihn aus seinen kleinen grünen Augen ansah. »Das war knapp, geckgeck-aaah!«

Der entsetzte Schrei, den Biru ausstieß, ließ Raja herumfahren.

Eisenkralle hatte die Gelegenheit genutzt, um sich von hinten an ihn heranzuschleichen. Nun war er über ihm und holte mit seiner Todespranke aus.

Raja war zu entsetzt, um davonzulaufen.

Die eiserne Klaue blitzte im Sonnenlicht, dann ging sie auch schon nieder. Woher Raja die Geistesgegenwart nahm, sich im letzten Moment zur Seite zu werfen, wusste er selbst nicht. Vielleicht war es der Große Drache, der ihn lenkte, vielleicht waren es auch seine Eltern, die über ihn wachten.

Jedenfalls verfehlte ihn die Klaue und traf stattdessen auf nackten Fels – und mit einem hellen Klirren zerbrach die Metallklinge!

»Neeein!«

Eisenkralles entsetzter Schrei hallte von den Wänden der Schlucht wider. Ungläubig betrachtete er die Klaue, mit der er so viel Furcht und Schrecken verbreitet hatte. Er wollte nicht wahrhaben, dass sie zerstört war.

»Du!«, brüllte er und funkelte Raja zornig an, während er drohend auf ihn zumarschierte. »Das ist deine Schuld! Dafür wirst du büßen, Raja, Eisfells Sohn! Nur ein

Stumpf ist noch von der Klinge geblieben, aber das sollte genügen, um dein verräterisches Herz zu durchbo...«

Er verstummte plötzlich, und Raja wurde klar, dass er gar nicht mehr ihn ansah, sondern etwas, das hinter ihm war – oder vielmehr jemanden ...

Raja drehte sich um.

Hinter ihm war Ayah, einen grimmigen Ausdruck im Gesicht, und neben ihm befanden sich Luku, Makan und Ubat. Sie alle wirkten entschlossen, zu allem bereit, ebenso wie die anderen Tiere, die aus der Gefangenschaft befreit worden waren. Und hinter ihnen stand wie ein großer schwarz-weißer Berg der Tapir und blickte finster drein.

»Dein Spiel ist aus, Eisenkralle«, stellte Ayah fest. »Es ist besser, wenn du jetzt verschwindest.«

»Du wagst es, mir Befehle zu erteilen?«

»Ich bin kein König, wenn du das meinst«, erwiderte der alte Tiger ruhig. »Aber falls du es noch nicht gemerkt haben solltest, der Wind hat sich gedreht. Deine Armee ist besiegt, deine Handlanger befinden sich auf der Flucht – und du solltest dich besser zu ihnen gesellen.«

»Und wenn ich das nicht tue?« Eisenkralle fauchte zornig, Blitze schienen aus seinen Augen zu schlagen. Aber es war bloß noch hilflose Wut. Seine Klaue war geborsten, seine Armee geschlagen – und Eisenkralle war klug genug, das zu erkennen.

»Ich warne dich«, sagte Ayah. »Stell unsere Geduld nicht auf die Probe ...«

Um seinen Worten Nachdruck zu verleihen, machte er einen Schritt auf Eisenkralle zu. Raja und die anderen folgten, sodass eine Wand aus grimmigen Gesichtern und gefletschten Zähnen auf den Tyrannen zukam. Eisenkralle wich zurück.

»Wir sind noch nicht fertig miteinander«, stellte er klar. »Wir sehen uns wieder!«

»Lass dir das eine Lehre sein, Eisenkralle«, sagte Ayah nur. Ohne etwas darauf zu erwidern, wandte der Tyrann sich um und ergriff die Flucht – unter dem jubelnden Gebrüll und Gekreische all jener Tiere, die unter seiner Gewaltherrschaft gelitten und um ihr Leben gefürchtet hatten. Den Kopf gesenkt und den Schwanz eingezogen, setzte er davon, durch die Schlucht und an einem umgestürzten Baumstamm empor.

Raja wollte ihm hinterher, doch Ayah hielt ihn zurück.

»Nein«, sagte er schlicht.

»Du willst ihn laufen lassen? Einfach so?«

»Wir töten nicht im Zorn oder aus Rache«, stellte der alte Tiger klar, »sonst sind wir nicht besser als er. Der Sieg gehört uns, das sollte uns genügen.«

»Was wird Eisenkralle jetzt tun?«, fragte Luku, der über das ganze runde Gesicht strahlte. Sogar Makan war glockenwach, obwohl es heller Tag war. »Glaubt ihr, wir werden ihn wiedersehen?«

»Wer weiß?«, sagte Biru. »Der Palast ist noch immer sein Revier. Dorthin wird er sich zurückziehen, um seine Wunden zu lecken. Er hat eine schwere Niederlage erlitten und seine Klaue eingebüßt, daran wird er eine Weile zu beißen haben.«

»Und das verdanken wir Raja«, meinte Luku stolz. »Ich habe übrigens schon immer gesagt, dass er etwas ganz Besonderes ist.«

»Genau wie ich«, pflichtete Makan ihm bei. »Obwohl mir der Magen knurrt. So eine Gefangenschaft macht echt hungrig ...«

»Wir alle verdanken dir unser Leben, Raja«, stimmte auch Ayah zu. »Du hast bewiesen, dass du wirklich der Sohn deines Vaters bist. Du bist ebenso mutig wie tapfer gewesen und hast allen gezeigt, dass du das wahre Herz eines Tigers besitzt. Aus diesem Grund«, fuhr der Alte fort, wobei er Raja stolz die Pranke auf die Schulter legte, »soll dies von heute an dein Name sein, als Jäger und als Krieger: Tigerherz.«

27

Die Insel der Schatten

Es war ein komisches Gefühl, wieder hier zu sein, an dem Ort, wo Raja zuletzt so unfreundlich abgewiesen worden war – auf der Insel der Bayangai.

Das Übersetzen war diesmal kein Problem gewesen. Die See war ruhig an diesem Morgen, und der Hai hatte sich nicht mehr blicken lassen. Nun stand Raja am Strand und blickte hinauf zum Eingang des Berges, der ihm wie ein dunkler drohender Rachen entgegenstarrte.

Es dauerte nicht lange, bis sich zwei schemenhafte Gestalten aus der Dunkelheit schälten – die eine schwarz und gefährlich, die andere etwas kleiner und mit geheimnisvoll funkelnden, bernsteinfarbenen Augen.

Raja fühlte einen Stich in seinem Herzen.

Was, wenn sie ihn erneut abwiesen? Wenn Senjata ihm endgültig sagte, dass er es nicht wert war, auf der Insel zu weilen und ein Schattenkrieger zu werden?

Raja fühlte den prüfenden Blick des schwarzen Panthers auf sich lasten.

Am liebsten hätte er sich sofort wieder verdrückt, aber er nahm all seinen Mut zusammen, überquerte den Strand und trat vor den Eingang der Höhle.

»Du bist zurückgekehrt«, stellte Senjata ohne erkennbare Regung fest. Die Miene des schwarzen Panthers blieb völlig unbewegt.

»Ja«, gestand Raja. »Ich möchte es noch einmal versuchen.«

»Hm«, machte der Kendar nur und musterte Raja noch eingehender. »Also gut – dann sage mir, welches Tier unter allen Kreaturen des Dschungels dem Großen Drachen das liebste seiner Kinder ist. Und erwäge deine Antwort wohl, denn du hast nur eine frei.«

Raja zögerte. Er hatte viel über diese Frage nachgedacht und lange auf diesen Augenblick gewartet. Doch jetzt, da er gekommen war, wollte es ihm nicht von der Zunge. Wenn seine Antwort falsch war, dann würde gleich alles vorbei sein und all seine Hoffnungen wären zerstört.

»Das liebste seiner Kinder ...«, begann er leise.

»Was sagst du?«, fragte Senjata streng. »Ich kann dich nicht hören!«

»Das liebste seiner Kinder«, stieß Raja hervor, wobei er zu Boden blickte, »ist dem Großen Drachen dasjenige, das nicht zuerst an sich selbst denkt, sondern bereit ist, sein Leben für andere einzusetzen.«

Er wartete, bis seine eigenen Worte in der Tiefe der Höhle verklungen waren, dann sah er vorsichtig auf. Der Blick, mit dem Senjata ihn bedachte, war unmöglich zu deuten. War er spöttisch? Ablehnend? Oder gar wütend?

Raja wusste es nicht, und so verstrichen quälende Augenblicke, die ihm wie eine Ewigkeit vorkamen, ehe der schwarze Panther ein Schnauben ausstieß und das Haupt senkte. »Wohl gesprochen, Raja, Sohn von Eisfell, der du dich jetzt Tigerherz nennst.«

»Ihr kennt meinen Namen?«

Senjata nickte nur.

»Und meine Antwort ist richtig?«

»In der Tat. Nur allzu leicht vergessen wir, dass der Große Drache uns zu mehr gemacht hat als bloß zu Tieren. Er hat uns nämlich auch die Fähigkeit gegeben, zwischen Gut und Böse zu unterscheiden und verantwortungsvoll zu handeln, und es liegt allein an uns, welchen Pfad wir wählen – ob wir unsere Stärke dazu einsetzen, die Schwachen zu unterdrücken, oder ob wir sie nutzen, um uns für die Schwachen einzusetzen.« Der schwarze Panther nickte, und beinahe kam es Raja vor, als würde er dabei lächeln. »Gut gemacht. Deine erste Lektion hast du bereits gelernt.«

»Dann … darf ich bleiben?«

»Wenn du willst.«

»Ob ich das will?« Raja keuchte. Er wusste nicht, ob er vor Freude in die Luft springen oder sich auf der Stelle im Sand wälzen sollte. »Natürlich will ich!«

»Freu dich nicht zu früh«, sagte Senjata mit ernstem Blick. »Die Insel der Bayangai ist kein gemütliches Nest, und die Ausbildung zum Schattenkrieger kein Spiel. Du wirst dich anstrengen müssen, und manchmal wirst du das Gefühl haben, dass wir zu viel von dir verlangen. Und vielleicht wirst du dir bisweilen sogar wünschen, du hättest die Antwort auf meine Frage nicht gefunden.«

»Niemals«, war Tigerherz überzeugt.

»Aber das alles«, fuhr Senjata fort, »wird die Zukunft zeigen.« Er wandte sich nach der Tigerin um, die im Halbdunkel hinter ihm wartete. Auf sein Knurren hin trat sie aus dem Schatten, und zum ersten Mal konnte Tigerherz sie aus der Nähe sehen.

Sie war jung, nur wenig älter als er selbst. Ihr seidenes, schwarz gestreiftes Fell hatte die Farbe des Sonnenuntergangs, ihre Augen die von Bernstein, und sie waren so tief und unergründlich wie das Meer. Ihre Gestalt war schlank und anmutig, und ihr Wuchs und ihre Haltung verrieten Stolz und Unbeugsamkeit.

»Kahaya«, wandte sich Senjata an sie. »Zeige unserem neuen Schüler sein Quartier. Er wird bei uns bleiben.«

»Ja, Meister«, erwiderte sie mit einer Stimme, die wie das Summen von einem Schwarm Bienen klang, und nickte Tigerherz auffordernd zu.

Der zögerte – eine Frage gab es noch, die ihm auf den Krallen brannte.

»Senjata?«

»Ja?«

»Als ich das erste Mal hier war, habe ich Euch nach Tigerauge gefragt ...«

»... und ich habe dir gesagt, dass er nicht mehr hier ist«, beendete Senjata den Satz. »Das ist die Wahrheit.«

»Verstehe.« Raja nickte enttäuscht. »Das ist wirklich schade, denn offenbar hat meine Mutter ihn gekannt, und ich hätte ihn auch gerne kennengelernt.«

»Das hast du doch bereits«, versicherte der schwarze Panther.

»Was?«

»Der Krieger, der sich einst Tigerauge nannte, war einer der besten und mutigsten Kämpfer, den diese Insel jemals hervorgebracht hat«, erklärte Senjata. »Kaum jemand konnte es an Kraft und Schnelligkeit mit ihm aufnehmen, und die Schärfe seiner Augen war weithin berühmt, ihr verdankte er seinen Namen. Doch dann verlor er ein Auge – und mit ihm auch das Gesicht des Jägers –, und er verließ die Insel der Bayangai auf eigenen Wunsch, um fortan auf dem Festland zu leben, unerkannt und unter einem anderen Namen.«

Raja stand da wie vom Donner gerührt.

»Ayah?«, stieß er hervor, als ihm die Wahrheit dämmerte. »Der alte Ayah ist Tigerauge?«

»Hat er dir das nicht gesagt?«

Raja schüttelte den Kopf.

»Dann weißt du es jetzt. Aber bewahre dein Wissen für dich, denn es würde ihn nur beschämen.«

»Warum?«, fragte Raja. »Ayah ist ein wahrer Held!«

»Genau deswegen«, stimmte der Kendar zu, »denn wahre Helden kämpfen nicht um ihres Ruhmes willen. Aber auch das wirst du noch lernen. Einstweilen genügt es, wenn du dir unser Motto einprägst, den Wahlspruch der Schattenkrieger.«

»Wie heißt er?«, wollte Tigerherz wissen.

»Sediakan tentera!«, antwortete Kahaya und forderte ihn abermals auf, ihr zu folgen. »Sei bereit zum Kampf!«

Epilog

Seine Pfoten schmerzten von dem langen Marsch, und seine Kehle war wie ausgedörrt angesichts der sengenden Hitze. Doch er ging weiter und weiter, denn die abgebrochene Klinge an seiner Klaue erinnerte ihn in jedem Augenblick an die Schmach, die er erlitten hatte. Und die er ungeschehen machen wollte.

Das Land, das er durchstreifte, war eine leere Ödnis. Die Bäume des Regenwaldes hatte er längst hinter sich gelassen, nun durchstreifte er das Tote Land, das jenseits des Dschungels lag und unter dem, wie es hieß, noch immer Drachen hausten, tief unter der Erde, wohin kein Tier jemals gelangte. Und doch konnte man die Drachen hören, wenn es unter dem steinernen Boden grollte, und man konnte ihren Atem sehen, der als heißer Dampf aus den Felsspalten drang und der nach Gift und Fäulnis roch.

»Aber warum, Hoheit?«, fragte Pedang zum ungezählten Mal. »Warum ausgerechnet in diese wüste Gegend? Hier gibt es keinen Baum und kein Grün ...«

Eisenkralle schnaubte. »Eben deshalb«, raunte er seinem Berater zu, der ihm wie ein Schatten folgte. Aber anders als ein Schatten beherrschte der Makake nicht die hohe Kunst des Schweigens. »Nur hier finde ich, wonach ich suche.«

»Und wonach sucht Ihr, Hoheit?«, plärrte Pedang weiter, während er neben ihm hersprang. Durch die Entbehrungen des langen Marsches war der Makake noch dürrer geworden, und sein Haar stand wirr in alle Richtungen. »Nach dem Vergessen?«

Eisenkralle verharrte für einen Moment. »Was bringt dich auf den Gedanken, dass ich vergessen will, du Schwachkopf?«

»Nun, ich dachte nur ... Wo Eisfells Sohn Euch doch eine solch empfindliche Niederlage ...«

Er verstummte, als Eisenkralles Tigerblick ihn traf. »Ich hatte dich gewarnt, das Wort mit ›N‹ nicht mehr zu benutzen«, knurrte er.

»Natürlich, Hoheit, verzeiht«, bat Pedang beflissen und sprang von der einen Seite auf die andere, so als würde er seinen Herrn dort bei besserer Laune antreffen. Eisenkralle jedoch machte das ständige Herumgehüpfe nur noch ärgerlicher. Er gab ein unwilliges Knurren von sich und erwog, einfach zuzubeißen. Dann würde endlich Ruhe sein.

»Bei allem, was geschehen ist«, suchte der Affe ihn zu beschwichtigen, »solltet Ihr Euch immer vor Augen halten, dass Ihr nichts könnt für das, was geschehen ist. Ihr konntet nicht voraussehen, dass so etwas geschehen würde. Eure Untertanen hatten kein Recht, sich gegen Euch zu erheben!«

»Nein«, gestand Eisenkralle zu. »Aber die Spione hätten mich warnen sollen. Wo sind sie gewesen, als ich sie dringend gebraucht hätte? Und deine ach so tapferen Soldaten? Sie sind getürmt, sind feige davongerannt ...«

»... und dafür habt ihr ein Dutzend von ihnen aufgefressen«, konterte Pedang und kratzte sich am Kopf. »Ich glaube nicht, dass meine Leute diese Lektion so schnell vergessen werden. Sollte es eine weitere Schlacht geben ...«

»Zweifelst du etwa daran?« Eisenkralle warf seinem Handlanger einen scharfen Blick zu.

»Nein, natürlich nicht, Hoheit!«, beeilte sich der Makake zu versichern und machte eine ausladende Handbewegung, die das ganze öde Land mit den Felsentürmen und den rauchenden Erdspalten einschloss. »Ich frage mich nur, was wir hier zu schaffen haben. Warum sind wir nicht in Eurem Palast und schmieden Rachepläne?«

»Weil«, erwiderte Eisenkralle gedehnt, »Rache sorgfältig vorbereitet werden muss, wenn sie gelingen soll. Und dazu brauche ich etwas, das ich nur hier bekomme.«

»Aha. Und was ist das?«

Ein weiterer Blick seines Herrschers signalisierte Pedang, dass es besser war, jetzt keine weiteren Fragen mehr zu stellen.

»Würdest du mir einen Gefallen tun, General?«, fragte Eisenkralle lauernd.

»Jeden, mein Gebieter!«, versicherte der Affe beflissen. »Sprecht Euren Wunsch nur aus, er ist schon erfüllt!«

»Dann mach endlich deinen Kopf zu«, fuhr der Tiger ihn an, »ehe ich ihn dir von den Schultern beiße!«

Pedangs Kinnlade schnappte nach oben und öffnete sich nicht mehr – auch dann nicht, als die Gegend steiler und steiniger wurde und der Aufstieg beschwerlich.

Wortlos folgte er seinem Herrn, obwohl ihn eine Unzahl von Fragen quälte. Antwort bekam er aber erst, als sich der Tag dem Ende neigte. Die Sonne war bereits hinter den scharf gezackten Felsen verschwunden und hatte den Himmel in Brand gesetzt, als sie den Eingang einer Höhle erreichten. Wie ein dunkler Schlund starrte er ihnen entgegen.

Pedang schauderte.

»Du wirst hierbleiben und auf mich warten«, schärfte Eisenkralle ihm ein.

»We-wenn Ihr darauf besteht.«

Der Tyrann knurrte, dann drang er in das Dunkel ein. Er war schon einmal hier gewesen, aber das lag lange zurück. Er hatte beinahe vergessen, wie anstrengend der Marsch war und wie beißend der Gestank, der die Höhlen durchdrang – und wie sengend die Hitze. Eine Hitze, die nicht von der Sonne rührte, sondern vom Atem der Drachen.

Eisenkralle folgte dem schmalen Gang, der sich vor ihm erstreckte. Obwohl es fast völlig dunkel war, wiesen seine Tigersinne ihm zuverlässig den Weg, und schließlich wurde es auch wieder heller. Aber es war kein Tageslicht, das die Höhle vor ihm erfüllte, sondern das rote Leuchten von Glut.

Das Blut des Drachen, dachte Eisenkralle.

Er merkte, wie die Dämpfe seinen Geist benebelten. Dennoch musste er noch weiter, noch ein Stück ...

Endlich erreichte er die große Höhle – und im Gegenlicht der Glut sah er die Umrisse der zottigen Gestalt, die dort kauerte. Eisenkralle atmete innerlich auf. Er war also noch am Leben. Sicher war er sich nicht gewesen, doch er hatte es gehofft.

»Du?«, scholl es ihm entgegen. Die Stimme hallte von den Höhlenwänden wider.

»Ich bin zurückgekehrt«, bestätigte Eisenkralle.

»Ich habe dir gegeben, wonach du verlangtest. Was willst du noch?«, kam es abweisend zurück.

Statt zu antworten, hob Eisenkralle nur die linke Pranke mit dem Klingenstumpf.

»Eine neue Waffe«, erklärte er. »Noch tödlicher als die erste.«

Trumpf-Spielanleitung

für 2 Spieler

Bei diesem Spiel geht es ums Trumpfen.

Beim Trumpfen werden die Karten erst einmal gemischt und dann verteilt. Bei zwei Spielern bekommt also jeder Spieler 10 Karten. Jeder Spieler nimmt die Karten so in die Hand, dass er nur die oberste Karte sehen kann. Der jüngere Spieler beginnt und liest einen Wert seiner Wahl vor, zum Beispiel das Gewicht des Tiers.

Anschließend liest der Gegenspieler das Gewicht des Tiers auf seiner obersten Karte vor. Derjenige, dessen Karte den höheren Wert hat, erhält die Karte des Gegenspielers und legt beide Karten unter den Stapel seiner Karten. Dann darf der Gewinner den nächsten Wert vorlesen, zum Beispiel den Gefährlichkeitsfaktor. Wieder erhält derjenige die Karten, der den höheren Wert hat.

Haben beide Karten den gleichen Wert, sucht der Spieler, der an der Reihe ist, eine andere Kategorie aus und nennt deren Wert.

Der Spieler, der am Ende alle Karten besitzt, hat gewonnen.

Viel Spaß!